転生王子はダラけたい
TENSEIOJIHA DARAKETAI

17

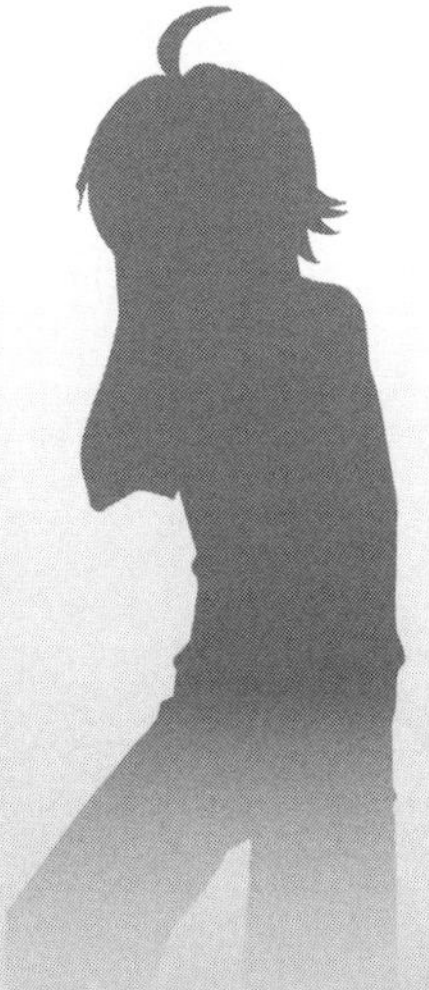

朝比奈 和
Asahina Nagomu

登場人物
CHARACTER
イルフォード
ティリア王立学校高等部の生徒。
ちょっと浮世離れした人物。
ディーン
ドルガド王立学校高等部の生徒。
鍛錬好きで、冷静な性格。
カイル・グラバー
クールな美形少年。闇の
妖精に好かれる蝙蝠の獣人。
ミュズリ
一本角を持つ
ハムスターのような動物。
好奇心旺盛。
フィル・グレスハート
大学生・一ノ《いちの》瀬《せ》陽翔《はると》が転生した
本編の主人公。目立たずに
ダラダラ過ごすのが夢。

アリス
フィルの幼なじみ。
賢くて機転が利く。
レイ
女性好きで少し残念な、
フィルの同級生。
トーマ
フィルの同級生。
マイペースで動物好き。
ライラ
商家の娘で、レイの
幼なじみ。商魂たくましい。
フィルの仲間たち
コクヨウ
ヒスイ
ホタル
コハク
テンガ
ザクロ
ルリ
ランドウ

1

ステア王立学校の長い冬休みが終わり、新学期が始まった。

ここでの俺は、グレスハート王国第三王子フィル・グレスハートではない。

ステア王立学校中等部二年、鉱石屋《こうせきや》の息子フィル・テイラだ。

友人のレイとライラとトーマ、後輩のミゼットには俺が王子であることがバレてしまったけど、とりあえず現時点では今まで同様に、身分を隠《かく》したまま通おうと思っている。

入学当初は小さな農業国だったグレスハート王国も、ここ数年で質の良い商品や、珍《めずら》しい施設《しせつ》を作って、注目されているようだからなぁ。

気を引き締《し》めて、目立たない学生生活を送るぞ！

……そう決意を新たにしたところだったんだけど、入学早々とある事件が起こった。

ドルガド王国で商人たちの積荷《つみに》が、タイロンの群《む》れに襲《おそ》われたというのだ。

獣は非道な行いを繰《く》り返して精神が魔に落ちることで、『魔獣』になる。

魔獣は残忍《ざんにん》かつ凶暴《きょうぼう》。強大な力を手に入れる代償《だいしょう》に、自我を失うのだ。

そうなってしまうと、動物と話せる俺ですら対話ができなくなってしまう。

事件の話を聞いて、タイロンが魔獣化している可能性がある、そう考えた俺とカイルは事件現場に赴《おもむ》いた。

そこで、ちょうど商人たちを襲おうとしているタイロンの群れに出会う。

商人たちを助けた俺たちは、タイロンたちと対話したことで、積荷を襲った理由を知った。

どうやらタイロンたちは火山が噴火《ふんか》した影響《えいきょう》で、棲《す》み処《か》を追われてしまったらしい。

タイロンは主食の草以外にも、棲み処のある火山付近の土から、体に必要な栄養を摂《と》っていた。

その栄養が摂れずに困っていたところ、商人たちが運んでいたコルフ草《そう》の商品から、火山付近の土に似た栄養が摂取できることに気が付き、積み荷を襲ったんだそうだ。

理由を聞いた俺たちは、同じコルフ草のことで、友人のディーン・オルコットとイルフォード・メイソンも困っていることを思いだした。

彼らはドルガド王国のディルグレッド国王から、上流階級の貴族たちが欲しがるような泥染《どろぞ》めの商品を作るよう命《めい》を受けていた。そんな中、泥染めをする泥田の周りに、コルフ草が大繁殖《だいはんしょく》したそうなのだ。

その結果、コルフ草が地面の栄養を吸収したことで泥田の地質が変わり、泥染めに影響がでてしまったらしい。

俺たちはさっそくディーンに連絡を取り、タイロンたちを泥田に連れて行くことにした。

タイロンたちはたっぷりコルフ草を食べて栄養を補給でき、泥田の除草も目処《めど》が立った。

こうして俺とカイルは、二つの困りごとを同時に解決できたのだった。


タイロン事件と泥田事件を解決してから、三週間後の休日。

俺はレイとトーマ、ライラとアリス、カイルと一緒に、ステア王立学校中等部学生寮の裏手にある小屋を訪れていた。

ここは、もともと寮《りょう》の管理人さん一家が住んでいた家だ。

高い塀《へい》に囲まれた、３ＬＤＫ《エルディーケー》の庭付き物件。

管理人さんが寮の隣《となり》に引っ越《こ》したため空《あ》き家《や》となり、その後マクベアー先輩が鍛錬場《たんれんじょう》や休憩所《きゅうけいじょ》として使っていた。

家は使われていないと、すぐに劣化《れっか》してしまうもんね。

そして、去年マクベアー先輩が卒業する際、俺はこの小屋の鍵《かぎ》と共に借りる権利を譲《ゆず》り受けた。

自由に改装《かいそう》していいという許可も、ちゃんといただいている。

その言葉に甘え、庭に花壇《かだん》を作りブランコを設置。小屋の二部屋は改装して、お風呂《ふろ》や和室にした。

なかなか居心地の良い場所になったと思う。

そのできたばかりの和室で、俺たちはコタツに入ってのんびりお茶を飲んでいた。

春も半《なか》ばだというのに、コタツは和室の真ん中に置かれたままである。

本当のところ、コタツ布団《ぶとん》を取って、普通のテーブルに戻したいんだけどなぁ。

俺は向かい側のレイに、視線を向ける。

「あぁ、コタツは最高だぁ」

レイはコタツの天板《てんばん》に顎《あご》をのせて、目をとろんとさせている。

原因はこれだ。この幸せそうな顔に負け、ズルズルきてしまったんだよね。

俺の隣に座るカイルは、レイに向かってため息を吐《つ》く。

「フィル様が考案されたコタツが最高なのは、否定しない。だが、そろそろコタツをしまう時期じゃないか？　もう春だぞ？」

どうやらカイルも、俺と同じことを考えていたらしい。

こうして話題に出たことだし……いいタイミングかもしれない。

「そうだよね。僕もそろそろ普通のテーブルに切り替えようかなって思ってたんだ」

俺がカイルの意見に乗ると、レイは天板からバッと顔を上げる。

「えぇ!?　もうちょっとだけいいじゃん！　春だって、まだ寒い日もある。今日みたいな雨の日は、皆だって足が冷えるだろ？　なぁ？」

レイは俺とカイル以外の皆に向かって、同意を求める。

トーマとアリスとライラは、チラッと俺を見て困り顔で笑った。

「まぁ、たまに寒い時はあるよねぇ」

「それを言われちゃうと、確かに……」

「私も今回ばかりは、反対できないわぁ」

味方を得たレイは、俺とカイルに向かって「ほらな？」と胸を張る。

その様子に俺は小さく噴き出し、カイルは嘆息した。

「はいはい、わかったよ。あとちょっとだけね」

「次の時も、いろいろ理由つけて説得してきそうですけどね」

コタツ期間の延長が決まって、レイは「よっし！」とガッツポーズを作る。

そんなタイミングで、部屋の隅で遊んでいた袋鼠のテンガが、俺のところにやって来た。

【フィル様～！　フィル様宛のお届け物が、寮に届いたみたいっす！】

「僕に届け物？」

生徒宛の手紙や小包は、寮の受付に届けられるのだ。

荷物が届いたと連絡が入った生徒は、受付に取りに行く。

ただ、中には個々に設けられた専用ポストから持っていく形で、召喚獣《しょうかんじゅう》に受け取りを頼む生徒もいる。

俺も召喚獣に受け取りをお願いしている一人だ。

テンガは行ったことのある場所であれば、お腹《なか》にある袋を介して距離に関係なく物のやり取りができる、空間移動能力《くうかんいどうのうりょく》を持っている。

大きすぎる荷物は無理だけど、その能力を使えば手紙や小包くらいなら取ってきてもらえるんだよね。

ちなみに寮以外にも、実家のグレスハート城とステラ姉さんのいるティリア王国に、一つずつ専用ポストがある。

テンガには朝と夕方の二回、全てのポストに手紙などがないか確認してもらっているんだ。

寮のポストに届いたってことは、家族以外の人からかな？

いや、家族でも大きい物なら、寮へ送ってくることもあるか。

「持ってこられそうな大きさ？」

俺が聞くと、テンガはゴソゴソとお腹の袋を探《さぐ》る。

荷物の大きさを確かめているようだ。

【ん～、大丈夫そうっす！】

そう言いながら、テンガは手紙と小箱を袋から取り出した。

それを受け取った俺は、送り主を見て「あ……」と小さく声を漏《も》らす。

「ディーンさんとイルフォードさんからだ」

手紙にはディーンの、小箱にはイルフォードの名前が記されている。

「そのお二人からということは、先日の泥染めの件かしら？」

アリスはそう言って、小首を傾《かし》げる。

確かに、その可能性は高いよな。

俺はまず封《ふう》を開けて、手紙に目を通す。

内容はアリスの推測《すいそく》通り、泥染めに関してだった。

「泥田に影響を与えていたコルフ草の除草が、もうすぐ終わりそうだって。泥田の手入れが終わったら、泥染めを再開するって書かれているよ」

俺が今読んだところまでの内容を要約して話すと、アリスは嬉《うれ》しそうに微笑《ほほえ》んだ。

「良かったわ。あれからどうなったかしらって、心配していたの」

俺はさらに手紙を読み進めて、アリスとカイルに向かって言う。

「それから、早期解決したのはアリスとカイルと僕のおかげだって。感謝《かんしゃ》しているってさ」

その言葉を聞いて、アリスは恐縮《きょうしゅく》したように眉《まゆ》を寄せる。

「そんな、私は少しお話ししただけなのに……」

「へぇ、感謝の手紙だなんて、ディーンさんは律儀《りちぎ》だなぁ。でも、コルフ草は繁殖力《はんしょくりょく》が高いって言ってたし。アリスちゃんが原因を突き止めなきゃ、大変なことになってたかもしれないもんな」

そう納得《なっとく》するレイに、俺は頷《うなず》く。

「うん。あの時、泥田に生えていた草がコルフ草だってわかったのはアリスだけだったからね。早く対処できて、ディーンさんたちも助かったと思う」

その後、俺とカイルがタイロンという除草部隊を連れて行ったのも大きかったとは思う。だけど……。

チラッと横を見ると、少し困った顔のカイルと目が合った。

実は、俺たちが泥田にタイロンを連れて行った件は、まだ皆に言えていないんだよね。

それを言えば、芋《いも》づる式に『タイロン積荷襲撃事件』を解決したのも、俺たちだとバレそうだからだ。

今回は魔獣を討伐《とうばつ》したわけじゃないから、レイたちに話しても構わないんだけど……。ちまたに『天の御使《みつか》いが現れ、タイロンたちから商人たちを助けた』なんて話が出回ってしまったからなぁ。

話が大きくなっていったせいで、かなり言い出しにくい。

話すべきか、このまま黙《だま》ってやり過ごすか……。難《むずか》しい問題だ。

俺はそっと息を吐いて、視線を落とす。

ふとイルフォードが送ってくれた小箱が目に入り、それを手に取った。

「そういえば、イルフォードさんからは何が送られてきたんだろ」

小箱は綺麗《きれい》な水色の包装紙に包まれ、銀色のリボンが結《むす》ばれていた。

ただのリボン結びなのに、形は完璧《かんぺき》。

この状態《じょうたい》が、すでに芸術作品であるかのよう。

こんなに綺麗に結ばれたリボンをとくのは勿体《もったい》ない気もするが、勇気をもってほどく。

包装紙を丁寧《ていねい》に開けて、小箱の蓋《ふた》を取る。

中には、黒とオレンジの毛で編《あ》まれた飾《かざ》り紐《ひも》が、五つ入っていた。

長さは十五センチくらいで、革《かわ》のストラップがついている。

その一部に古い時代に使われていた守護《しゅご》の印《いん》が入っているようだ。

アリスとライラとレイは、小箱を覗《のぞ》き込んで言う。

「わぁ、飾り紐ね！　素敵《すてき》な色！」

「守護の印が入っているってことは、お守りみたいにつけるものかしら？　素晴《すば》らしいわねぇ」

「おぉ、かっこいいな。バッグにつけても、ファッションアイテムとして腰《こし》から下げてもいいかも」

皆の賛辞《さんじ》に、俺も深く同意する。

確かにかっこいい。多分、イルフォードが作ったんだろうな。

さすがイルフォード、めちゃくちゃお洒落《しゃれ》だ。

感心していると、ふとトーマが神妙《しんみょう》な顔でじっと飾り紐を見ていることに気がついた。

どうかしたのかと思っていると、トーマは顔を上げて俺に尋《たず》ねる。

「この紐……動物の毛で編んであるよね？」

「え？　あぁ、そうみたいだね。黒い動物の毛……」

そこまで言って、俺は言葉を止める。

ちょっと待てよ。黒い毛の動物？

俺は部屋の隅で仰向《あおむ》けで寝ている黒い子狼《こおおかみ》を振り返った。

寝転がっているコクヨウに向かって、声をかける。

「ねぇねぇ、コクヨウ。イルフォードさんに、自分の毛を分けてあげたことある？」

俺の質問に、コクヨウは頭だけ持ち上げる。

【……は？　何のことだ。気持ちよく昼寝をしている時に、わけのわからんことを聞くな】

気持ちよく寝ているところを起こされて、すごく不機嫌《ふきげん》そう。

そして口ぶりからしても、飾り紐の黒い毛はコクヨウのものではなさそうだ。

「コクヨウのじゃないのかぁ。ってことは、この黒い毛はいったい……」

首を傾げる俺に、トーマが興奮《こうふん》した様子で言う。

「も、ももも、もしかして、ディ、ディアロスなんじゃない？　だって、黒い毛の動物は、ディアロスだけなんだから！」

そう。トーマの言うように、古い時代には黒い毛の動物も存在していたが、今はディアロス——コクヨウを残して全て姿を消している。

言い伝えでは、ディアロスが自分以外の黒い毛の動物を根絶《ねだ》やしにしたとされているんだけど……。

コクヨウによると、その言い伝えは事実とは少し異なるみたいなんだよね。

黒い動物狩りは実際にあったことだが、それはコクヨウではない別の動物が行った事件なのだという。その動物が最後に選んだターゲットがディアロスで、倒そうとやって来たところをコクヨウが返り討《う》ちにしたそうだ。

他種族を根絶やしにするくらいだから、その動物だって相当強かったんだと思う。

でも、コクヨウはそれを上回る強さだったってことみたい。

ともあれ、結果的にそれ以降、黒い動物はいなくなった。

そして、ディアロスの伝承《でんしょう》が残っているデュアラント大陸には、今でも黒い毛の動物といえばディアロスというイメージが浸透《しんとう》している。

もっとも、ディアロスが現存していると広まると厄介だから、コクヨウがそうであることは隠しているんだけどね。

だから、トーマがそう思っちゃうのもわかるんだけど……。

そのディアロス自身が、否定しているもんなぁ。

俺は再び大《だい》の字で寝始めてしまったコクヨウを見て、小さく唸《うな》る。

カイルはチラッとコクヨウを見て、トーマに言う。

「黒い毛だからってディアロスだと考えるのは、早計《そうけい》じゃないか？」

その言葉に、レイも大きく同意する。

「そうだよなぁ。ディアロスのことは、前にトーマに教えてもらった程度にしか知らないけど。山みたいに大きくて恐ろしい、デュアラント大陸で有名な伝説の獣なんだろ？　発見されていたなら、大騒《さわ》ぎになってるって」

言いながら、ひらひらと手を横に振る。

しかし、トーマは期待を捨てきれないのか、なおも食い下がる。

「でもさ、こんなに綺麗な黒い色なんだよ？　コクヨウも違うなら、可能性があるんじゃゃ……」

レイはトーマを宥《なだ》めるように、肩をポンと叩いた。

「そのコクヨウだって、毛を黒に染《そ》めてるだけなんだぞ？　フィルみたいな人間が、他にもいるかもしれないだろ？」

黒い毛の動物は珍しいので、たまにコクヨウの毛が黒い理由を聞かれることがある。

そんな時、俺は『伝説のディアロスが好きで、コクヨウの毛色を染めています』と説明していた。

説明を聞いた人たちは『しっかりはしていても、伝説の獣に憧《あこが》れちゃう可愛《かわい》いお年頃なのかぁ』という目で見てくるけどね。一応納得はしてくれるので、そうしているのだ。

トーマは俺とコクヨウを交互に見て、しょんぼりしながら言う。

「やっぱり染められた毛なのかなぁ」

「この色って、コクヨウさんの黒とはまた違った色合いで綺麗よね。染めたとしたら、どうやって染めたのかしら」

アリスに言われて、俺は飾り紐を手に取る。

光にかざすと、アリスが言ったように、コクヨウの毛とは色味が違って見える。

コクヨウの毛色が闇《やみ》を思わせる艶《つや》やかな漆黒《しっこく》なら、こちらはほんの微《かす》かに銀《ぎん》が混《ま》じったような黒だ。

「本当だね。染色《せんしょく》でここまで絶妙《ぜつみょう》な色合いが出せるかな」

俺の呟《つぶや》きを聞いてライラも飾り紐を取り、毛の断面を観察する。

「ん～、ソメウサギに染色してもらったら表面に色が載るだけだから、こんな風に芯《しん》まで色が入らないし……。人の手で染色したら、ここまで発色が良くないと思うし……」

ライラの目利《めき》きでも、すぐに判断できないものなのか。

ソメウサギは別名染色兎《せんしょくうさぎ》とも言う、植物から染料を抽出《ちゅうしゅつ》し、紙や毛糸を染める能力を持っている兎だ。

この世界の染色は、そのソメウサギのように色を染めることのできる動物に頼む方法か、人間自ら植物や泥などで染める方法の二つに分けられる。

手軽にできて染められる色が豊富《ほうふ》なのは、ソメウサギ。

細かいニュアンスが表現できて色落ちしにくいのは、人間の手で行った染色だという。

それぞれで染まり具合が異なるので、こちらの世界の人たちは、用途によって染め方を変えているそうだ。

う～ん、イルフォードが新しい染色方法を考えたのだろうか。

俺が飾り紐を見つめて唸っていると、カイルがふいに小箱を手に取った。

そして、箱の底から一枚のカードを取り出す。

「フィル様、箱の底にカードがありましたよ」

そう言って、二つに折りたたまれた薄《うす》い緑色のカードを俺に差し出す。

「本当だ。箱の色と同系色だったのと、飾り紐に隠れていたことで気づかなかったよ」

俺はメッセージカードを受け取り、内容に目を通す。

先ほど読んだディーンの手紙に書かれた文字は、線が太くて力強かった。

こちらは文字の線が細くて優美《ゆうび》で、印刷したのかと思うくらい整っている。

イルフォードは文字も綺麗なんだな。書かれた文字まで芸術作品のようだ。

カードにはこう記されていた。

『お世話になったお礼にあげる。仲良しのお友達と分けて。この飾り紐は、タイロンの鬣《たてがみ》でできてる。泥田のコルフ草を食べていたら、色がこうなった』

メッセージの書き方も、イルフォードの口調そのままだなぁ……って、ちょっと待って！

「え⁉　これ、タイロンの鬣なの⁉」

俺が叫んだのを聞いて、読み終わるのを待っていたトーマが身を乗り出す。

「えぇ⁉　タイロンの鬣？」

その問いに、俺は大きく頷いた。

「うん。しかも、染めたんじゃなくて、泥田に生えていたコルフ草を食べていたらこの色になったんだって」

それを聞いて、カイルが驚く。

「あのタイロンたちは皆、オレンジ色の鬣でしたよね？　あの色から、この色に変化したってことですか？」

「そうみたい。オレンジの子ばかりで、黒い鬣の子なんか一頭もいなかったのに……」

俺が眉を寄せて言うと、トーマが興味深げに尋ねる。

「フィルたちが見たタイロンは、鬣がオレンジ色なの？　動物図鑑には、タイロンの鬣は火のように赤いって書いてあったよ」

「え、そうなの？　ってことは、僕たちが会った時には変化が始まっていたのかな？」

「環境《かんきょう》や食べ物で、タイロンの鬣の色が変化するってことですかね？」

俺とカイルはそう言って、お互いの顔を見合わせる。

そんな時、レイがスッと小さく手を挙《あ》げた。

「タイロンの鬣の色が変わることは気になるけど……。まずその前に、フィルとカイルに聞きたいことがある」

いつもと違う真剣な声のトーンに、俺とカイルはレイに視線を向ける。

「聞きたいこと？」

「何だ？」

聞き返した俺たちを、レイはじーっと見つめ返す。

「何でイルフォードさんのところのタイロンの鬣の色を、二人が知ってるんだよ」

俺とカイルは、『あ』の形に口を開いたまま動きを止める。

レイは淡々《たんたん》と、俺たちに尋ねる。

「そういや、タイロン荷馬車襲撃事件の話が出た次の日。二人とも、朝早くから出かけてたよな？」

それを聞いて、他の皆も俺とカイルをじっと見つめてくる。

皆の視線を受け、俺たちはゴクリと喉《のど》を鳴《な》らした。

「あの日、二人はどこに行っていたんだ？」

レイの質問に、俺はぎこちなく笑う。

「て、天気が良かったから、あの日はピクニックに……」

俺がそう答えると、レイは訝《いぶか》しげに目を細めた。

「ピクニックに行く時は、毎回自分で弁当作って持参するじゃん。あの日は作ってないだろ？」

なんで作っていないことを知ってるんだ？

「それは、その……」

言葉を詰まらせる俺に代わり、カイルが答える。

「レイはその時間に起きてないだろう。な、なんで作っていないと決めつけるんだ？」

ちょっと動揺《どうよう》が隠せていないが……いいぞカイル！

心の中で応援《おうえん》していると、レイはフンと鼻を鳴らす。

「俺が起きていなくても、フィルが弁当を作った日は、運動部の連中が必ずもらったおかずの話をしてくるからわかるんだよ」

くっ、運動部の人たちか。それは盲点《もうてん》だった。

運動部の生徒の中には、日の出前から自主練に励《はげ》む者もいる。

彼らは食堂が開くまでお腹を空《す》かせているから、お弁当の日は多めに作って、入りきらなかったおかずを分けてあげているのだ。

当てずっぽうかと思ったら、情報に基づいての発言だったとは……。

どうしよう。変な汗が出てきた。

レイは頬杖《ほおづえ》をついて、なおも俺を追いつめる。

「イルフォードさんのメッセージには、泥田のコルフ草を食べてタイロンの鬣の色が変わるって書いてあったんだよな？　つまり、フィルたちは泥田の草を食べる前のタイロンを見たってことだ。あの日、泥田の草を除去する手伝いに行ったのか？　でも、それだけだったら、俺たちにも話してくれているよな？」

探偵《たんてい》と対峙《たいじ》する犯人は、こんな気持ちなんだろうか。

今日のレイは、やけに冴《さ》えている。

いや、違う。忘れがちだけど、レイはただの残念ドジっ子少年ではないんだった。頭の回転はいいし、記憶力《きおくりょく》もいい。知り合いも多く、そこから情報を仕入れる能力もあるんだよね。

俺がどう答えようかと悩んでいると、レイが突然ハッと目を大きく見開く。

「……そうか、わかった。泥田にそのタイロンたちを連れて行ったのは、フィルたちなんだな？　話さなかったのは、それを隠したかったからか」

それを聞いて、トーマは不思議《ふしぎ》そうな顔で首を傾げる。

「タイロンを泥田に連れて行ったことを、なんでフィルたちは隠していたの？　ディーンさんたちのお手伝いをするのは、いいことだよね？」

レイがそれに答える前に、ライラが大きな声で言った。

「あ！　タイロンたちって、襲撃事件のタイロンなのね!?」

その指摘に、レイはコックリと頷く。

「俺はそう睨《にら》んでいる」

あ、あぁぁ、ついに真相にたどりついてしまった……。

トーマは驚いた顔で、俺とカイルの顔を窺《うかが》う。

「つまり、あの事件を解決したのも、フィルたちってこと？」

その視線を受け、俺はカイルと顔を見合わせる。

もう誤魔化《ごまか》しきれないよね。

「はい、僕たちがやりました」

観念して俺が自白すると、レイは頭を抱えて叫ぶ。

「やっぱりか！　外れてて欲しかったのにっ！」

確信はあるけど確定させて欲しくはなかった、みたいな感じか。

ライラとトーマは、呆気《あっけ》にとられつつ言う。

「本当に、タイロンの襲撃事件を？」

「まさか、二人で解決したの？」

その質問に、俺とカイルはコクリと頷く。

「まぁ、いつかは話そうと思っていたんだけど……」

俺はそう前置きして、あの日の出来事について話し始める。

事件現場付近の探索《たんさく》中に、タイロンの群れと遭遇《そうぐう》したこと。

タイロンの進行方向にある街道で商人たちの荷馬車が、立ち往生《おうじょう》していたので助けに入ったこと。

興奮状態にあるタイロンたちと、なんとか対話に成功したこと。

彼らがコルフ草を求めていたので、泥田に案内したこと。

話せる範囲《はんい》で事件のことを話した。

説明を聞いて、トーマはキラキラした目で言う。

「うわぁ、すごい！　タイロンたちが土を食べて養分を摂取するとか、その土が食べられない時はコルフ草で補《おぎな》うなんて初めて聞いたよ。論文にも載《の》っていない！」

「動物と対話できる、フィルだからこそできる解決法ね」

アリスは感心した様子で息を吐く。

「当初は、探索だけで済ます予定だったんだ。でも、緊急事態だったし、タイロンとも対話ができたから、流れでやむを得なくね」

そう話す俺に、レイはコタツの天板をベシベシ叩きながら言う。

「あのなぁ、解決できたからいいけど、できなかったらどうすんだよ。事件の話をしていた時点で、タイロンが魔獣化してる可能性があるって話だったじゃん。精霊のヒスイさんがいても、絶対に安全ってわけじゃないんだぞ？」

以前俺は魔獣化した山犬を鉱石を使って撃退したことがある。だけど、俺ではなくヒスイの力で解決したことにしたんだよね。

レイに睨まれて、俺は首をすくめる。

「危ないことをしようと思っていたわけじゃないよ。さっきも言ったけど、本当に探索だけで済ますつもりだったんだ。まぁ、ヒスイがついているっていう安心感や、ルリに乗って上空からタイロンの様子を窺うくらいなら大丈夫かなって余裕がまったくなかったとはいえないけど」

それを聞いて、トーマはポンと手を打つ。

「あぁ、そうかぁ。何かあっても、ルリがいれば、高速で飛んで逃げられるもんね」

「フィルたちの確認だけでもしておきたかった気持ち、少しわかるわ。仮に魔獣の群れが存在しているなら、早く対処しなければ被害は大きくなるもの」

理解を見せたアリスに、俺はコクコクと頷く。

「そう。もし群れが魔獣化をしていたら、ラミアに早く討伐隊を手配してもらえるよう頼んでみようって思ってさ」

クリティア聖教会には、魔獣討伐のエキスパートがいる。

普通は一般の子供の報告なんて、相手にしてはもらえないだろう。

だが俺にはクリティア聖教会で大司教をしている、ラミアという友人がいた。

以前にも魔獣関係の事件で会っているので、緊急事態であることを話せば何らかの対策をとってもらえるはずだ。

しかし、俺の説明を聞いても、レイは渋《しぶ》い顔をしたままだった。

「魔獣化していたら早く対処しなくちゃいけないっていうのは、俺だってわかっているよ。だけど、フィルが精霊と契約していても、危ないことに変わりないだろ？　カイルは身体能力に優《すぐ》れているけど、フィルは普通の子供なんだし」

レイの言葉に、俺とカイルは思わず反応する。

「『普通の子供っ⁉』」

俺の声は明るく、カイルの声からは驚きが感じられる。

レイに向かって、俺はパァッと笑顔を向ける。

「そう！　そうなんだよっ！　僕、いたって普通の子供なんだよ！」

コクヨウにせっつかれて、よく魔獣退治に行くはめになるけど、身体的には俺は普通の子供なんだ。

いつもコクヨウに、『ひ弱』だの『へなちょこ』だの言われているし。

「カイルに比べて、だからな？」

レイが訂正を入れてきたが、俺は笑顔で返す。

「だけど、普通だと思ってるんだよね？」

「いや、まぁ……それは……」

言葉を詰まらせたことを、俺は肯定と捉《とら》えた。

「普通の子供かぁ」

俺が感動していると、カイルは釈然《しゃくぜん》としない顔で言う。

「レイは剣術の授業を受講していないから、そう言うんだ。確かに獣人の俺はフィル様に比べたら身体能力が高いが、フィル様はそんな俺と剣術の対戦で常に互角なんだぞ。ディーンさんとの対戦でも引き分けているし。総合的に考えて、フィル様が普通の子供と一緒だという意見には、納得できない」

カイルの言う『総合的』には、レイに開示されていない俺の情報が含まれているのかもしれない。

確かに、レイとトーマとライラには、ディアロスを召喚獣にしていることや、鉱石の力を最大限に引き出せること、鉱石を使って魔獣を浄化できることなんかは話していないもんね。

それを含めて考えると、確かに普通の子供とは違うとも言えるが……。

俺は大きくそらした胸を、パンッと叩く。

「レイが言いたいのは剣術とかの強さじゃなくて、身体的なことだもんね。レイが言ったように、僕はか弱い普通の子供だよ！」

「そこまで言ってねぇよ」

レイは呆れ顔でツッコミを入れ、それから息を吐く。

「フィルが強いのは、俺だって知ってるよ。だけど、魔獣を相手にしたら、ひとたまりもないだろ？　あんまり危ないことすんなって言ってんの」

するとライラが表情を曇《くも》らせて言う。

「そうよね。いくらフィル君たちが強くても、レイが言ったように魔獣が危険なことに変わりはないわよね。フィル君たちが無理して探索に行ってくれたのって、うちの商会が被害にあったからでしょ？　この件を私たちに話さなかったのって、もしかして私に負担をかけたくなかったから？」

俺たちが危険な探索に行ったのが、自分のせいじゃないかと思ったようだ。

俯《うつむ》くライラに、俺は少し慌てる。

「いや、まぁ、探索に行くきっかけはそうだけど、トリスタン商会が関わっていなくても探索には出たと思うよ」

結局は魔獣退治大好きなコクヨウに丸め込まれて、同じ結果になっていただろう。

「あと、黙っていた理由の一つに、ライラが負担に思うかもっていうのがあったのは確かだけど、それだけが理由じゃないし……」

俺がもごもごとそう口にすると、レイはニヤリと笑う。

「バレるのが恥《は》ずかしかったんだろ。あの事件を解決したのは、天の御使い様だもんな？」

ライラはそれを聞いて、バッと顔を上げた。

「商人たちに目撃された天の御使い様って、フィル君なの!?」

真っ直ぐな目で見つめられ、俺はきゅっと唇《くちびる》を噛《か》み、コクッと頷いた。

途端にレイが「やっぱりなぁ！」と爆笑《ばくしょう》する。

「どうしてそんな誤解が？」

アリスが目を瞬《またた》かせながら尋ねてきた。

爆笑するレイをじとりと睨みつつ、俺は説明する。

「タイロンの群れに襲われて、商人さんたちが混乱していたんだよ。それで、自分たちが天国にいると勘違《かんちが》いしたみたい。ね、カイル？」

俺が同意を求めると、カイルは物憂《ものう》げな表情で頷く。

「ヒスイさんも空に浮かんでいたし、フィル様もルリに乗っていたから、天の御使いだと思ったみたいだ。一応、事件が解決したあとに事情は説明したんだが、全然信じてもらえなかった……」

俺とカイルの説明中ずっと笑っていたレイは、涙を拭《ぬぐ》いながら息を整える。

「あー、面白過ぎだろ」

そう言って、再び肩を揺らして笑い出す。

くっ！　だから、隠していたのに。

「……フィル様、イルフォードさんからいただいた飾り紐、レイにはあげなくていいんじゃないですか？」

カイルの提案に、俺は無表情でコクリと頷く。

「うん、そうだね。ついでに、帰る時にコタツも片付けよう」

それを聞いて、レイの笑いがピタッと止まった。

「あぁ！　笑ってごめんって！　飾り紐欲しいです！　コタツもまだ片付けないでぇ！」

レイはコタツの天板にしがみついて、嘆願《たんがん》する。

それから三分間、俺はプイッと顔を背《そむ》け続けたのだった。

2

ディーンたちから手紙が届いた一週間後の休日。

俺はカイルとライラとトーマ、レイとアリスを連れてドルガドを訪れていた。

あのあと、再びディーンからタイロンの件で相談があると手紙をもらい、ルリに乗って皆で泥田に行くことになったのだ。

ライラはルリの背の上で、きょろきょろと見回す。

「あ、遠くにドルガドの城下町《じょうかまち》が見える。アリスが前に言っていたけど、下と上とで見える景色が全然違うのねぇ。馬車から見えるのは、木ばっかりだったもの」

感心した様子のライラを見て、アリスはくすくすと笑う。

「街道は森の中にあるものね。日が落ちてくる頃にこのあたりをルリに乗って通ると、街の明かりが綺麗なのよ」

「えー、いいなぁ。見てみたい！」

ライラはそう言って、楽しそうに笑う。

良かった。ライラは今朝まで、ルリに乗ることを少し怖がっていたんだよね。だけど乗っているうちに、空の旅を楽しむ余裕ができたみたい。

ライラとレイとトーマがルリに乗るのは、今回で二回目。

一回目は一年半前、ルリと初めて会った時だ。

あの時はルリも俺の召喚獣になる前で加減を知らなかったから、高速アクロバット飛行をしちゃったんだよね。

俺とカイルは大丈夫だったが、アリスとライラとレイとトーマはしばらく動けないほどのダメージを受けていたっけ。

その後、アリスは克服《こくふく》して普通の飛行なら平気になったけど、レイとトーマとライラはルリに乗ることさえ拒否していた。

今回だって、レイとトーマは最後まで渋っていたもんなぁ。

馬車で日帰りができる距離だったら、時間がかかってでもきっとそっちを選んでいたに違いない。

俺はトーマとレイの様子を窺う。

二人はぎゅっと体を縮《ちぢ》め、ウォルガー用の鞍《くら》にしがみついていた。

ステアを出発してだいぶ経つというのに、未《いま》だにこの状態だ。

ルリにお願いして、いつもより高度を下げ、かなりゆっくり飛行してもらっているんだけどなぁ。

ガチガチに緊張したままの二人が心配になり、俺は優しく声をかける。

「トーマ、レイ。大丈夫？　気分悪くなってない？」

「頑張るよ。タイロンに会うためだもん。うん、大丈夫、頑張るよ」

「あ、あぁ、俺も平気だ。も、もうすぐ着く頃だもんな」

自分に言い聞かせているかのように、二人はブツブツ呟いている。

俺はそんな二人を励ますため、明るい声で言う。

「うん。あと少しだよ。ほら、森のひらけたところに泥田が見えるでしょ？」

俺が前方を指すと、ライラが少し身を乗り出した。

「わぁ、あれが泥田なのね！　動物の群れが見えるけど、あれがタイロンかしら」

その言葉に反応したトーマは、ライラ同様に身を乗り出す。

「えぇ！　タイロン？　どこどこ⁉」

飛行の怖さより、動物への興味のほうが勝《まさ》ったようだ。

すると、レイは慌ててライラとトーマの腕を引いた。

「おい！　ライラ、トーマ、あんまり身を乗り出すなよ！　落ちたらどうすんだ！」

「はわわ、そうだった！」

トーマはハッとして顔を青くしたが、ライラは小さく肩をすくめた。

「大丈夫よ。鞍があるし、鞍から落ちても命綱《いのちづな》があるもの」

ウォルガー用の鞍には、体を固定するシートベルトがある。

そして、そのシートベルトとは別に、命綱がついていた。

「命綱だって絶対じゃないんだぞ。ちぎれたらどうする！」

必死な形相《ぎょうそう》のレイを落ち着かせるため、俺は優しく微笑む。

「安心して。乗る前に説明したでしょ。この綱はちゃんと耐久《たいきゅう》テストをクリアしたから、ちょっとやそっとじゃちぎれないよ」

大柄な成人が三人ぶら下がっても大丈夫なくらい、とても頑丈な綱なのだ。

しかし、レイはクワッと目を剥《む》いた。

「世の中に絶対はないんだよっ！　もし、もし、ちぎれて落ちたら……」

綱がちぎれて落ちる自分を想像したのか、唇を震わせる。

かなり低めを飛んでいるから、最悪落ちても木に引っかかるだけですむとは思うのだが……。

レイにとっては、落ちること自体が大問題なんだろうな。

カイルはレイの様子を見て、小さく唸る。

「安全だとわかるまでは、しばらく時間がかかりそうですね」

その呟きに、俺はコクリと頷く。

「うん。少しずつ慣れてくれるといいんだけどなぁ」

もしルリの飛行に慣れてくれれば、一緒に出かけられる範囲も広がると思うのだ。

でも、この感じだと、カイルの言うように時間がかかりそう。

そんなことを考えている間に、目的地の泥田が近づいてきた。

おぉぉ、泥田の周りが綺麗になってる！

以前来た時には、泥田の周りに黒いコルフ草がたくさん生えていたが、今はまったく見当たらない。

タイロンたちによる『むしゃむしゃ除草作戦』は上手くいったみたいだ。

「フィル！」

泥田のあぜ道で、タイロンに囲まれたディーンとイルフォードがこちらに向かって手を振っているのが見えた。

約束した時間の一時間前なのに、もう来ているとは……。

俺は手を振り返し、それからルリに向かって言う。

「ルリ、ゆっくり下に降りてくれる？」

【はい。了解です】

ルリはゆっくりと、ディーンたちのいる手前に降り立つ。

俺はルリの背から降りて、ディーンとイルフォードに駆《か》け寄る。

「ディーンさん、イルフォードさん、こんにちは！」

俺が挨拶《あいさつ》すると、イルフォードはふわりと笑う。

「うん、こんにちは」

「呼びかけに応じてくれたこと、感謝する」

微かに口角をあげるディーンに、俺は笑い返す。

「僕もタイロンのことは気になっていたので、連絡いただけて嬉しかったです」

その返答に安堵《あんど》したのか、ディーンは先ほどより表情をやわらげる。

「そう言ってもらえると助かる。さっそく話をしたいところなんだが、その前に……後ろにいるフィルの友人たちは大丈夫か？」

ディーンに言われて、俺は後ろを振り返る。

皆はルリから無事に降りていたものの、トーマは地面にへたり込み、レイはカイルにしがみついていた。

どうやら地上に降りたことに安心して、力が抜けちゃったみたいだ。

「トーマ、立てる？」

アリスが心配して、手を差し伸べる。

しかし、トーマはその手を取ることなく、足をプルプルと震わせながら自力で立ち上がった。

「が、頑張って立つよ。早くタイロンを近くで見たいもん」

さすが動物好きのトーマ。動物のことになると、いつにも増して気合いたっぷりだ。

カイルはそんなトーマをチラッと見て、自分の腕にしがみついたままのレイに言う。

「ほら、トーマも頑張ってるんだぞ。レイも一人で立て」

そう言って、自分の腕からレイをはがそうとする。

だが、レイは意地でも離れまいと、手に力を込める。

「カイル、待ってくれ！　手を放さないでくれ！　まだ足が震えてっからぁ！　地面に足がついてんのに、まだふわっとしてんだよぉ！」

ぎゃあぎゃあ叫ぶレイを、ライラがペシッと叩いた。

「もう！　大きな声で叫ぶんじゃないわよっ！」

怒鳴《どな》ったところで、自分の声も大きくなってしまったことに気づいたらしい。

ライラはハッと口元を押さえ、それからディーンたちに向かって恥ずかしそうに笑った。

「ほほほ、すみません。騒がしくって。こちらは大丈夫なんで、気にせずに」

「そ、そうか？　大丈夫ならいいんだが……」

ディーンは呆気にとられつつ、頷いた。

すると、そんなタイミングで、一頭の大きな体のタイロンが俺に近づいてきた。

この群れのリーダーだ。

親愛《しんあい》を示すように、俺に顔を寄せる。

【また会えて良かった】

「うん、元気そうで良かったよ」

俺は笑って、その顔を撫《な》でる。

【ああ、おかげで皆元気だ】

そう言ってリーダーが振り向くと、群れのタイロンたちが俺に向かって話しかける。

【ありがとうなぁ】

【ここの草は栄養があって美味《うま》かったぞぉ】

【おかげで鬣もツヤツヤだ】

そう言われてみれば、毛質が良くなっている。

俺は確かめるように、タイロンのリーダーの立派な鬣を触る。

本当だ。以前は栄養が足りていなかったせいか、少しパサパサした毛だったのに。

何より違うのは、タイロンたちの鬣の色だ。

体毛の色は相変わらず明るいオレンジだが、鬣だけが以前と違い黒色へと変化していた。

「毛色が変わっていて驚いただろう？」

ディーンの言葉に、俺はタイロンを撫でながら頷いた。

「はい。驚きました。手紙で言っていた通り、鬣の色が違いますね」

俺の言葉に、ディーンは苦笑する。

「実は鬣の説明はイルフォードに任せたから、俺の手紙には書かなかったんだが……。鬣が変化した時、かなり焦ったんだ。もしかして、泥田のコルフ草を食べさせたことで何か問題があったんじゃないかと……」

「そ、そうですよね」

急に鬣の色が変わったら、そりゃびっくりするよ。

ただでさえ、泥田付近に生えていたコルフ草は禍々《まがまが》しい黒い葉っぱなんだもん。焦るに決まっている。

「それで、すぐにドルガド王国の動物の医者を呼んで、タイロンたちを診《み》てもらったんだ。その時、健康《けんこう》であるとは言われたものの、色が変わった理由がわからなくては安心もできなくてな」

当時のことを思い出したのか、ディーンはため息を吐く。

確かに、その気持ちはわかる。

すぐには症状《しょうじょう》が出なくても、あとで何かあるかもって心配になっちゃうよね。

「そこでさらにドルガドの動物学者にも調べてもらい、ようやく食べ物によって色が変わることが判明したんだ」

ディーンの説明のあと、イルフォードが一番奥にいるタイロンを指す。

「あの子が……協力してくれた。ここのコルフ草を食べさせたあと、取り寄せた普通のコルフ草も食べさせてみたんだ」

そのタイロンの鬣は下が黒、上がオレンジ色になっていた。

ようやく普通に立てるようになったレイが、そのタイロンを見て感嘆の声を漏らす。

「うぉぉ、二色だぁ。かっけぇぇ」

トーマも前に出てきて、目をキラキラさせて言う。

「もともとタイロンの鬣は火のように赤い色だと言われていたってことは、以前の棲み処である火山付近の食べ物の中には、摂るとそうなる栄養が含まれていたのかなぁ」

そんなトーマの推測に、ディーンは片頬を上げて笑う。

「学者たちもそう話していた。まぁ、これからさらに調べる必要があるらしいが……」

タイロンたちの主食は草なのだが、特別な栄養を補うために火山付近の土を食べるって言っていたもんね。それが鬣を赤くしたのかもしれない。

ともあれ、今回のように火山噴火で棲み処から離れ、ここにあるコルフ草を食べなければ、鬣の色が変わるなんて誰も気づくことはなかっただろうな。

俺は不思議な巡《めぐ》り合わせを感じながら、タイロンたちを見回す。

会話を始めている間に、タイロンたちは道の草を食べながら、少しずつばらけ出していた。

もっちゃもっちゃ草を食べるその様子は幸せそうで、とてものどかだ。

カイルはそんなタイロンたちを見回して言う。

「泥田の周りのコルフ草がほとんどないようですね。除草は終わったんですか？」

その質問に、ディーンは「ああ、終わりだ」と肯定する。

上空から見た時も、ほぼコルフ草はなかったもんね。

コルフ草は繁殖力が高いから、まだ油断はできないだろうけど、気をつければあとは人間でも管理できるくらいにはなっている。

「じゃあ、そろそろタイロンたちを元の棲み処に帰す頃ですね」

俺はディーンたちに向かって、ニコッと笑った。

タイロンたちをここに連れてきた時に、ディーンたちにお願いしたんだよね。

泥田の周りにあるコルフ草の除草が終わって、火山付近の立入禁止が解除されたら、タイロンたちを元棲んでいた場所に戻して欲しいって。

すると、ディーンは少し困った顔で言う。

「実は、手紙に書いたタイロンに関する相談というのは、その戻す時期のことなんだ」

「何か問題が起こったんですか？」

俺が首を傾げると、ディーンは泥田の奥にある木陰《こかげ》を指し示した。

「ちょっと話が長くなりそうだから、まずは座って話そう」

木陰には敷物《しきもの》が敷いてあり、その上に人数分のクッションがあった。

ディーンに連れられ、俺たちは木陰までやって来た。

敷物の上に置いてあるクッションに腰を下ろすと、ディーンが奥に置いていたバスケットを持ってきてくれる。

その蓋を開けた途端《とたん》、甘い香りがふわりと広がる。

バスケットには花型の焼き菓子《がし》が、いっぱい詰まっていた。

「いつもはフィルにもてなされているからな。今日はこちらで用意させてもらった」

そうか、もてなそうとお菓子を用意してくれたんだぁ。

実はここに来る日時を決める際、お菓子は用意してこなくて大丈夫だって連絡をもらっていたんだよね。

ディーンの心遣《こころづか》いを感じ、ほんわかとあたたかい気持ちになる。

バスケットを覗き込んで、ライラが言う。

「ドルガドの伝統菓子、トルクルですね」

「俺、これ好きです。焼き菓子にはちみつがたっぷりしみ込んでいて、すっごく美味《おい》しいんですよねぇ」

レイはうっとりと言って、ゴクリと喉を鳴らす。

トルクルは俺もドルガドを訪れた時に、何度か食べたことがある。

一口大のシナモンプチケーキに、はちみつをしみこませた、甘いお菓子だ。

初めて食べた時は、その甘さにちょっと驚いたんだよね。

だけど、はちみつとシナモンの相性が良くて、癖《くせ》になる美味しさなんだよなぁ。

その味を思い出しつつバスケットを覗いていると、グゥウゥと大きな音が聞こえた。

美味しそうだなって思っていたけど、俺じゃない。

音がしたほうを向くと、お腹を押さえるレイの姿があった。

カイルはそんなレイを見て、口元に手やりながらクッと笑う。

「さっきまでフラフラしていたのに、菓子を見て元気になったか？」

「し、仕方ないだろ。地上に降りて緊張がとけたら、お腹が減ったんだよ」

少し恥ずかしそうに言うレイに、俺たちは噴き出す。

まぁ、レイのお腹が鳴っちゃうのも仕方ないか。

ルリに乗って酔《よ》うかもしれないからって、レイにしては珍しく朝ごはんを半分しか食べていなかったもんね。

ディーンは小さく笑うと、皿にトルクルを載せてレイに渡す。

「じゃあ、まずは腹を満たそうか」

続いて、俺たちにもトルクルが載った皿を配ってくれた。

「さぁ、遠慮なく食え」

ディーンに言われて、レイはさっそくトルクルを口に放り込む。

「んー！　あんま～い！」

もぐもぐしながら、満面の笑みだ。

続いてカイルが、おそるおそる一口齧《かじ》る。

甘いものが苦手だもんなぁ。

しかし、カイルは少し驚いた顔で、手の中のトルクルを見つめた。

「甘いですけど、これ、とても食べやすいです」

それを聞いて、俺もトルクルにかぶりつく。

はちみつがたっぷりなので、食感はしっとりしている。

シナモンの香りとともに、はちみつの甘さと爽《さわ》やかなレモンの味がした。

これって、もしかしてイル？

この世界でレモンは、イルという名称がつけられている。

イルの削《けず》られた皮が入っているのかな？

はちみつと一緒に、果汁《かじゅう》もかかっているかもしれない。

甘いけど酸味《さんみ》があって爽やか。このトルクルなら、何個でも食べられそう。

「美味しいですね。このトルクルには、イルが入ってるんですか？」

俺が笑顔で聞くと、ディーンはホッとした顔で頷いた。

「気に入ってくれたか？　そう、イルが入ったトルクルだ。ドルガドには有名なトルクルの店が幾《いく》つかあるが、ここは父が特に気に入っている店なんだ」

ディーンのお父さんは、ドルガド王国で一番の剣豪《けんごう》グレイソン・オルコットだ。

家族思いでとても優しいのだが、顔が閻魔様《えんまさま》みたいに厳《いか》つくて迫力がすごい。

「グレイソンさん、トルクルが好きなんですか？」

目を瞬かせるカイルに、ディーンはニッと笑う。

「ああ。うちの父は甘い物が好きなんだ。特にトルクルが好物でな」

あの筋骨隆々《きんこつりゅうりゅう》のグレイソンさんが、大の甘党《あまとう》だったとは……。すごいギャップ。

驚愕《きょうがく》する俺たちを見て、ディーンは肩を揺らして笑う。

「見えないだろう？　トルクルを幸せそうに食べている父を初めて見た者は、とても驚く」

あぁ、そうだろうなぁ。

大きな体を縮《ちぢ》こまらせて小さなトルクルを食べている姿を想像して、俺は小さく笑う。

だけど、ドルガドでは甘いお菓子は疲れが取れるってことで、武人《ぶじん》も鍛錬の合間に食べることが多いって聞くもんね。グレイソンさんだけじゃなく、意外に甘党の人が多いのかも。

そんなことを考えていると、イルフォードが俺たちにマグカップに入った飲み物を配ってくれた。

「甘いトルクルに合う、おすすめの飲み物……」

飲み物は乳白色《にゅうはくしょく》で、立ちのぼった湯気からは清涼感《せいりょうかん》のある香りがする。

どうやら液体の正体は、ハーブミルクティーのようだった。

「ありがとうございます」

そう口にしてから、俺はマグカップを受け取り、その中を覗く。

ハーブミルクティーは入れるハーブの種類や作り方なんかで、個性が出るんだよね。

これはどんなハーブミルクティーかな……って、あれ？

一口飲んだ俺は、覚えのある味に首を傾げる。

カイルとアリスを窺うと、俺と同じく首を傾げていた。

「このミルクティーの味って、もしかしてあの宿屋の？」

俺が尋ねると、イルフォードはコクリと頷く。

「そう。……あの宿屋の、ハーブミルクティー」

やっぱり、女将《おかみ》さん特製ハーブミルクティーか。

あの宿屋とは、ドルガドとカレニアの国境近くにある宿屋のことだ。

グレスハートから学校のあるステアの中継地点の宿として、俺とカイルとアリスがよくお世話になっている。

宿に泊まると、女将さんオリジナルブレンドのハーブミルクティーが飲めるんだよね。

まろやかなミルクと、爽やかなハーブ……そして、砂糖《さとう》は入っていないのにほのかに甘くて、絶妙な味なんだ。

「あの宿は、泥染めが有名なピリカ村に近いからな。ここのところ、休日のたびに利用しているんだ」

ディーンに続いて、イルフォードが言う。

「昨日も泊まって……君たちに会うって言ったら、多めに用意してくれた」

それを聞いて、アリスは微笑む。

「女将さんのハーブミルクティー、大好きなので嬉しいです」

俺は「そうだね」と頷く。

それから、一息つくと改めて質問をした。

「それで、先ほどのタイロンを戻す時期に関する相談の件なんですが……」

ディーンは持っていたマグカップを置いて、真面目《まじめ》な顔で話し始めた。

「当初はフィルたちと約束していた通り、除草が終わったらタイロンたちが棲んでいた場所へ帰すことになっていたんだ。しかし、少し不安なことがあって……」

「何か問題が？」

もしかして、火山がまた噴火しそうなのかな？

俺が心配になって尋ねると、ディーンは言い辛《づら》そうにしつつも口を開く。

「今回、学者たちにもタイロンたちを調べてもらっただろ？　とりあえず差し止めてもらっているんだが、学者たちがこのタイロンの鬣について、論文を発表したいと言っているんだ」

理由を聞いて、俺は目を瞬かせる。

「え～っと、そもそも、発表しちゃいけないんですか？」

学者だったら、新たに発見したものを論文として発表したいっていうのは、当然の心理だと思うのだけど。

トーマも同じことを思ったようで、おずおずと聞く。

「今回のタイロンの鬣は、新しい発見です。食べた物が体毛に影響を与えるというのは、他の動物の研究などにも関わってくる可能性があります。研究を発表し、皆で知識を共有したり論じたりすることは、とても大事なことだと思うのですが……」

研究内容を共有することで、それに対するいろんな意見が聞けるもんね。

そうやって、学問は進歩していくものだし、その研究が別の分野に活用され、発展することもあるのだ。

トーマの言葉に、ディーンは少し慌てる。

「いや、研究を共有することが大事なのは、もちろん俺も充分に承知している。ただ、発表することで、タイロンたちに何かがあってはまずいと思っているんだ」

それを聞いたアリスは、少し表情を曇らせた。

「何かがあっては……って、どういうことですか？」

「論文でタイロンの鬣に注目が集まれば、皆がその価値に気がつく。そうすれば、それを求める人間が現れるんじゃないかと思っていてな」

ディーンの説明を聞いて、俺は彼が何を言わんとしているかをようやく理解した。

「なるほど。つまり、タイロンの鬣は素材になるってことですね」

先日もらったタイロンの飾り紐は、充分商品になるもんなぁ。

そして価値がつけば、その鬣を狙う人が出てくるかもしれないということだろう。

アリスは鞄《かばん》に下げたタイロンの飾り紐に触れる。

「確かに、このタイロンの鬣は、染め上げた色とは違う魅力《みりょく》がありますよね」

ライラは眉を寄せ、深いため息を吐いた。

「論文が発表されたからって、すぐに知れ渡るってことはないと思います。でも、実物を見たら、この鬣を欲しがる人は絶対に出てきそうですよねぇ」

「そうだよなぁ。タイロンの鬣が狙われる可能性があるなら、そのまま野に放すのは不安かぁ」

レイは頭を掻《か》きながらそう言い、トーマはしょんぼりと肩を落とした。

「論文を発表するって、注目を浴《あ》びるってことでもあるんだね。僕、そういう視点で考えたことなかった」

俺は腕組みして「むぅ」と唸る。

「タイロンたちは夏前と冬前の年に二回、鬣が生え変わるんだよね。信頼関係を築いて、それをいただくことはできるとは思う。だけど、問題は……」

俺の言葉の先を、カイルが引き継いで言う。

「問題は信頼関係を築いていない人間が奪《うば》いに来た時……ですよね。タイロンは普段大人《おとな》しいですが、団結力が強い動物です。仲間が攻撃されたり、自分たちのテリトリーが脅《おびや》かされれば、迷わず戦うでしょう」

「タイロンは強いから、ある程度抵抗できるんじゃないのか？」

レイの言葉に、俺は泥田で草を食べるタイロンたちを見回して言う。

「確かに、相手が少数だったら追い返せると思う。でも、怪我《けが》をしたり、命を落としたりする可能性だってある。できれば、そんな事態にならないようにしたいなぁ」

俺は一度タイロンたちと対峙したことがあるからわかるけど、タイロンたちは強い。

火属性の能力が高いし、角《つの》も鋭《するど》く、頭突《ずつ》きや蹴《け》りなど物理攻撃の威力《いりょく》も高い。

そして何より、コクヨウを前にしても後ろに引かないくらい勇《いさ》ましいのだ。

だけど、なまじ対抗する手段があるからこそ、怪我しちゃうんじゃないかって心配なんだよね。

「それに狙われてしまえば、人間自体に不信感を持ちそうだしなぁ」

ため息交じりにそう口にした俺を見て、カイルは頷く。

「やはり、何かしらの対策を立てないと帰せないですよね」

レイは顎に手を当てて、眉を寄せた。

「とりあえず、論文の発表を遅らせて、その間に何か対策を立てるしかないんじゃないか？」

すると、黙って俺たちの会話を聞いていたイルフォードが、スッと手を挙げた。

「ねぇ、論文以外にも……不安要素があるよ」

「「えっ⁉」」

驚いた俺たちの視線が、イルフォードに集まる。

「他の不安要素ってなんだ？」

ディーンが聞くと、イルフォードは瞬《まばた》きしてから答える。

「動物のお医者さんや、学者さんを呼ぶ時……口添《くちぞ》えをお願いした貴族たちが何人かいるでしょ」

腕のいい動物の医者は、上流階級のお抱えであることが多い。

そして、ドルガド王国の学者もそれは同じだ。

学問の国ステアと違い、ドルガドでは学者の地位があまり高くない。

そのため、貴族にパトロンになってもらい、研究費を出してもらうと聞いたことがある。

思い当たるふしがあったのか、ディーンはハッとする。

「あ……、いや……、確かにお願いした。だが、口止めもしたし……」

考え込むディーンに、レイは首を緩く横に振った。

「ディーンさん、貴族は噂《うわさ》好きですよ。しかも、何人もの貴族の方にお願いしたんでしょう？　口止めしていたとしても、秘密《ひみつ》の重みは分散されて軽くなりますって」

貴族社会のことはよく知っているというように、レイは言う。

「……ってことは、すでに情報は流れているかもしれないのか？」

ディーンはそう呟くと、俺に向き直って勢いよく頭を下げた。

「すまない。タイロンたちを託《たく》してくれたのに、こんな事態になってしまって。もっと慎重《しんちょう》に動いていたら……。これは、俺の失態だ」

突然の謝罪《しゃざい》に、俺は大いに慌てる。

「し、仕方ないですよ。タイロンたちに異変があったら、冷静ではいられないと思います。それに、まさか鬣に価値が出てくるかもなんて、誰も予想がつきませんよ」

タイロンたちをどうにか助けたいと駆け回ってくれた気持ちが、間違っていたとは思わない。

「とにかく、こうなったら対策を急がないといけないですね。そうすれば、すぐにタイロンたちも移動できるでしょうから」

そんな俺の言葉に、再びイルフォードが手を挙げた。

俺は手のひらで、イルフォードを指す。

「イルフォードさん、何かいい案が？」

「ティルン羊《ひつじ》みたいに……国で管理するのは？　タイロンたちを守る……保護地区を作るとか……」

それを聞いて、俺たちは「おぉ」と声を漏らす。

「タイロン保護地区。それはいい案ですね」

ティルン羊とは、ティリア王国の宝と言われている大型の羊のことだ。

上質なティルン羊の毛は、織物《おりもの》の国であるティリアを支えてきた。

ただ、ティルン羊はのんびり屋で敵の害意に鈍《にぶ》いから、襲われても抵抗できない。

それ故《ゆえ》に国の牧場で保護されているんだよね。

タイロンたちはある程度自衛《じえい》できるから、ティルン羊ほど厳重《げんじゅう》に護《まも》らなくても大丈夫だとは思うけど、安全に過ごせる場所を確保するというのは、いい案だと思う。

ディーンは眉を寄せて考え込む。

「タイロンたちの棲んでいた地域には、人の住む村や町がないから、場所は用意できる。心配なのはそこを管理したり見回ったりする人員の確保と、費用の捻出《ねんしゅつ》だな。先日火山が噴火したから、タイロンより災害対策のための費用を優先する可能性がある」

あぁ、そうか。先日の噴火では被害はでなかったみたいだけど、ドルガドは火山噴火による災害が多い国だもんね。

そっちが優先されてもしょうがない。

「そもそもタイロンの保護地区案を嘆願して、国に受け入れてもらえるかっていう問題もありますよね」

レイは渋い顔でそう言って、トルクルを口に頬張る。

「タイロンを守るには、いい案だと思うけど。ダメなの？」

トーマが首を傾げて聞くと、レイは咀嚼《そしゃく》したトルクルをゴクリと呑《の》み込んで言う。

「ダメじゃないよ。俺もタイロンにとっては最適な案だと思うよ。でも、タイロンたちに国費を使うことを、渋る人たちだっているさ」

それを聞いて、ディーンは低く唸る。

「ドルガドのディルグレッド国王陛下《へいか》は、俺たちの提案を好意的に考えてくれると思うが……。確かに国費が関わることだから、異を唱《とな》える者もでてくるかもしれないな」

災害の多いドルガド王国は、国家資産に余裕があるわけではないからなぁ。

俺は「うーん」と唸りながら、頭《こうべ》を垂《た》れる。

「タイロンが狙われるかもしれないと僕たちが言っても、まだ可能性の域を出ていないですもんねぇ。もし国がダメなら、動物保護団体に頼むしかないですけど……。同じく、まだ仮定の状況では難しいかも」

危ない目に遭《あ》う前に対処してもらったほうがいいってわかってるのに。とてももどかしい。

俺と同じ気持ちなのか、カイルは眉間《みけん》にしわを寄せ、小さくため息を吐く。

「ミネルオーの時は動物保護団体がすぐに対応してくれましたけど、あれはミネルオーが希少種だからですもんね」

ミネルオーというのは、青い鬣と長い尻尾《しっぽ》を持つ、寸胴《ずんどう》体型の白い竜みたいな姿の動物のことだ。

三十センチほどの大きな古代貝の中に入って、身を護ったり移動したり泳いだりもする。

他に類を見ない、ちょっと不思議な生き物である。

数か月前に行ったステア南西にある古代の遺跡《いせき》探索で、偶然発見されたんだよね。

その不思議さからか、ミネルオーはその遺跡の神として崇《あが》められていたらしい。

ミネルオー神に関する文献や伝承は残っていたものの、ここ百年以上は実際に見たという人はいなかった。

遺跡の地下で隠れて暮《く》らしていたとわかった時は、さまざまな分野の学者たちが大騒ぎしたものだ。

そんなミネルオーたちは今、動物保護団体と学者たちによって保護されている。

学者たちが観察させてもらうお礼にミネルオーたちに供物《くもつ》を捧《ささ》げているが、それ以外は極力自然に近い形で暮らせるようにしている。

そして遺跡も、保護団体とステア王国が協力し、遺跡の保存活動の他に、遺跡に入る人間の検問や、遺跡内に滞在できる人数の制限をしているという。

できれば、タイロンたちもミネルオーのように、自然に近い環境で過ごさせてあげたいんだけどね。

俺がそんなことを考えていると、レイがハーブミルクティーを一口飲んで言う。

「だけどさ、動物保護団体にお願いしたとしても、きっと調査が入ってから保護するか決めることになるだろ？　時間がかかりそうじゃねぇ？」

レイの言う通り、団体が保護をするにも、理由を検討する時間が必要だよね。

トーマはおずおずと口を開く。

「なら、やっぱりドルガド王国にお願いしたほうが早いのかな？」

目を瞑《つむ》って、どうしたらいいのか考えを巡らせる。

「ん〜噂が広がっている可能性があるなら、いっそのことタイロンの鬣の素晴らしさを広めて保護をお願いしてみる……とか？」

そう口にしてから、俺は目をパチリと開けて、皆を見回す。

「たとえば、タイロンの鬣を使った商品を貴族に販売して、その利益をタイロンの保護地区の維持管理費に充《あ》てるのはどうかな？」

俺の案を聞いて、ライラはニヤリと笑う。

「さすがフィル君。いい案ね。貴族たちが噂を聞いていれば、タイロンの鬣の商品を欲しがるはずだもの。貴族相手なら販売価格も高めに設定できるし」

レイは笑顔で、パチンと指を鳴らす。

「なるほど！　維持費がそこで補填《ほてん》されるなら、使う国費も抑《おさ》えられるもんな！」

すると、ディーンが小さく手を挙げる。

「確かにいい手だ。しかし、タイロン保護地区ができる前に、販売しても大丈夫なのか？」

先ほど心配していた、タイロンたちの安全を気にしているんだろう。

俺はディーンに向かって、にっこりと笑う。

「信用できる投資家に資金を募《つの》って、販売前に保護地区を作ってしまうのはどうでしょう。タイロンの保護地区は、ミネルオー保護地区よりは初期費用が少ないはずですから」

タイロンたちはある程度自衛ができるし、自分たちで食料も確保できる。

幸《さいわ》い火山噴火の際に、立ち入れないよう柵《さく》を立てていたみたいだし。

必要なのは柵の強化と管理棟を建てること。それから、しばらくの間勤めてくれる管理人くらいか。

「出資してくれた人たちへの見返りは、これから考えなきゃいけないですけど……」

俺の説明に、ディーンは表情を曇らせる。

「それで資金が集められれば、とてもいい案だと思うが……。ちゃんと利益が出るかわからないのに、金を出してくれる者はいるんだろうか」

先ほどとは違った、別の不安が出てきたようだ。

そんなディーンに向かって、ライラは胸を張った。

「大丈夫ですよ。タイロンの鬣のことをすでに知っている貴族たちは、興味を持っているでしょうから、きっと食いついてきます。もし、いなかったらうちのトリスタン商会が出資してもいいですし」

そう言って、悪そうな顔でにっこりと笑う。

その笑顔を見てトーマは「ヒッ」と短い悲鳴《ひめい》をあげ、レイはブルッと体を震わせた。

「何企《たくら》んでんだよ……」

呟くレイを、ライラはジロッと睨む。

「企んでなんかいないわよ。人聞きの悪い。タイロンの鬣を実際に見て、充分利益が出ると思っているから手を挙げただけじゃない。これでも商会の買い付けに同行して、鍛《きた》えられているの。私の目利き力は、お父様にも及第点《きゅうだいてん》をもらえたくらいなんだから」

ライラはレイに向かって、フンと鼻を鳴らす。

ディーンはライラのお墨付《すみつ》きをもらって、ようやく安心したらしい。

「そうか、君がそう言うなら、出資する者も出てくるかもしれないな」

レイは顎に手を当てて、考えるポーズをとる。

「う～ん、トリスタン商会は最終手段として、まず声をかけるならドルガドの貴族ですかねぇ」

「オルコット家でも、多少協力できる。他に信頼できる投資家だと……」

思い出そうと顎に手を当てるディーンの横で、イルフォードが再びスッと手を挙げた。

「信頼できる投資家なら……」

「知ってるのか!?」

意外そうな顔で目を瞬かせるディーンに、イルフォードはコクリと頷いた。

「ディルグレッド国王陛下」

返答を聞いて、俺たちは一呼吸おいてから聞き返す。

「「国王陛下!?」」

聞き間違い……ではないよな？

「つまり、国王陛下個人に出資してもらうってことですか？」

再確認する俺に、イルフォードは間違いではないと示すように大きく頷いた。

ライラは腕組みして、低く唸る。

「確かに、国王陛下ほど信頼できる出資者はいないですよね。でも、国王陛下相手となると、普通の商品では納得してくれないいんじゃないでしょうか」

そうだよねぇ。

ディルグレッド国王は、目が肥《こ》えてそうだもん。

心配する俺たちに向かって、イルフォードは柔《やわ》らかく微笑んだ。

「今やっている泥染めの新作に、タイロンの鬣を合わせるんだ」

その声はいつものふわりとしたものではなく、しっかりとした芯を感じさせる。

イルフォードは自分の作品に関する話をする時、淀《よど》みなくしっかりした口調で話すんだよね。

口調が変わったこともそうだが、そのアイデアにも驚いた。

「……泥染めの新作に、タイロンの鬣を合わせる？」

俺はイルフォードの言葉を、そのまま繰り返す。

ドルガド王国の泥染めは、エキゾチックでとても美しい。

だが、黒や茶色などの暗い色が多く、モチーフが古代の紋様《もんよう》であることから、民芸品や民族衣装、庶民《しょみん》の衣類などに使われていることがほとんどだった。

そのせいか、交易《こうえき》で扱う際、価格が少し低く設定されてしまうと聞いている。

そこでディルグレッド国王は、上流階級の人も欲しくなるような泥染めの新作を、イルフォードに依頼したっていう経緯《けいい》があるらしいんだよね。

イルフォードの作る衣装はもともと国内外から人気だったけど、先日ルーゼリア義姉《ねえ》さんの婚姻《こんいん》式《しき》用ヴェールを手掛けて以降、さらに人気が高まっているもんなぁ。

俺もイルフォードたちにプロジェクトの話を聞いてから、どんな泥染めができるのか楽しみにしていた。

しかし、まさかその泥染めの新作と、タイロンの鬣を合わせようとは……。

泥染めとタイロンの鬣の組み合わせかぁ。

「面白いですね」

俺が微笑むと、イルフォードはふわりと笑い返してくれた。

「うん。どんな新作を作ろうか迷っていたから、ちょうど良かった」

そう言って、イルフォードはポケットから何枚か布地を取り出す。

それは十センチ四方の大きさの生地で、全て泥染めされているようだった。

古代の紋様に似た柄から、見たことがない幾何学《きかがく》模様の柄など、さまざまなものがある。

これらは、新作のサンプル品なんだろうな。

一枚一枚並べられた布地を見つめ、俺はそんなことを考える。

イルフォードは布地を見下ろして、話し始めた。

「泥染めの新作は、今までのものとは違うものでなければならない。だけど、ドルガドの泥染めの色合いや風合《ふうあ》いは守りたいから、新しい色を作るのではなく、伝統的な色で染めたかった。それで、次に考えたのは、模様のデザインを特別なものにしたらどうかってことなんだ」

普段と違うイルフォードの流れるような口調は、風に揺れる木々《きぎ》の音に似て、とても耳心地《みみごこち》が良い。

そう思いながらも、俺たちは聞き漏らすまいと、真剣な顔でイルフォードの説明に耳を傾ける。

イルフォードは並んでいる布地を、一つずつ指をさしながら言う。

「それでいろいろ試作してみたんだけど、元からある古代の紋様を超える模様が、なかなか思いつかなくて……」

まつ毛を伏せ、物憂げにため息を吐く。

サンプル品はどれも素敵なものだが、本人はあまり気に入っていないらしい。

「じゃあ、古代の模様を採用するのか？　鬣と上手く組み合わせることができるのか？」

ディーンはそう言って、イルフォードの顔を窺う。

イルフォードはディーンを見て、コックリと頷いた。

「うん。むしろ古代の模様は自然や動物から変形したものだから、鬣と合うと思う。鬣もドレスや上着の襟元《えりもと》とか、袖《そで》にワンポイントで使おうと思っているし。それなら奇抜《きばつ》すぎず、舞踏会《ぶとうかい》でも使えるかなって」

なるほど。

どうやらイルフォードは、鬣を使って、ファーつきのドレスやコートを作ろうと考えているようだ。

舞踏会用のドレスなどは通常、レースやリボン、刺繍《ししゅう》や宝石などの装飾をあしらう。

しかし、泥染めで同じことをした場合、生地の魅力を損《そこ》ねてしまう可能性がある。

だからといって、シンプルすぎても舞踏会では映《は》えない。

その点、タイロンの鬣は発色もいいし、ボリュームも出るから華やかになるだろう。舞踏会でも目立ちそうだ。

「それ、かっこいいですね！　タイロンの鬣が、上着とかマントに付くんでしょ？」

ファッション好きなレイが、わくわくした顔で身を乗り出す。

トーマやカイルも、それに強く同意した。

「鬣マント、強そうだよねぇ」

「着てみたいです」

うん、わかる。

鬣つきマントって、少年心をくすぐるかっこ良さだよねぇ。

前世で言うと、百獣の王のライオンに憧れるような感覚？

俺だと立派すぎて着られてる感が出そうだけど、カイルならめちゃくちゃ似合いそう。

ライラはニコニコしながら、「うんうん」と頷く。

「いいですね。ディルグレッド国王陛下は斬新《ざんしん》なものを好むと聞いていますから、きっと気に入ってくださると思います。それに、本来の泥染めと違うって、見ただけで区別がついたほうがいいですし」

それを聞いたトーマは、首を傾げる。

「どうして区別がついたほうがいいの？」

ライラはコホンと咳払《せきばら》いして、丁寧《ていねい》に教えてくれる。

「今回、ディルグレッド国王陛下の依頼には、泥染めの価値を上げることも含まれていると思うの。でも、泥染め全部の価値が上がりすぎるのは良くないわ。ドルガドの泥染めは、もともと庶民の衣服としても使われているものだもの」

ライラの説明を聞いて、トーマはポンと手を打つ。

「あ！　そっか。価値が上がると同時に、価格が高くなりすぎちゃうとよくないってことか」

二人の話を聞いていたアリスとカイルも、「なるほど」と呟く。

「今まで気軽に使えていた人が、使えなくなってしまうのね？」

「だから、鬘がついているほうは上流階級の人向け、ないほうは今まで通り庶民の人向け、というように区別がついたほうがいいわけだな」

ライラは「そうそう」と肯定して、微笑む。

イルフォードはその会話を聞きながら、コクコクと相槌《あいづち》を打っている。

彼としても、それを見越しての提案だったらしい。

俺は小さく手を挙げて質問する。

「ドレスやコートの襟元などに使用するとなると、かなりの量が必要になりますよね。一年に二度手に入るとしても、タイロンの頭数を考えると量も限られるかと思うのですが……。新作の価格が高くなっても、大丈夫なんですか？」

イルフォードは承知しているというように、俺に向かって微笑む。

「今回の新作は上流階級に向けた高級路線で作る予定だったから、むしろそのほうがいい。鬘の希少性をわかってもらえば、価格が高くても満足してくれると思うし」

レイは小さく肩をすくめて言う。

「むしろ、貴族たちは人と同じものを嫌い、特別なものを欲しがりますからねぇ。高額だからこそ、買いたくなるでしょ」

ライラは口元に手を当てて、「ふふふ」と笑う。

「新作のドレスやマントが発表されたら、他のデザイナーも対抗するために、新しい素材やデザインのドレスを出してきますよね。流行の波が起こるのは、商会としても嬉しい限りです」

肩を震わせて笑うライラを、ディーンは心配そうに見つめる。

「正式に発表されるまで、新作について口外しないでくれよ」

ライラはピタリと笑うのをやめて、ディーンを見つめる。

「もちろんです！　信用第一ですから、絶対に外には漏らしませんよ。……その代わり、ディーンさんとイルフォードさんに提案があるのですが」

声を落としたライラに、ディーンは訝しげに眉を寄せる。

「提案？」

「おい、何を持ちかける気だよ」

不安そうなレイを無視して、ライラは真面目な顔でディーンとイルフォードに言う。

「これからタイロンの商品を作るってことは、鬣に色をつけるのにコルフ草を使用しますよね？　そこで、うちのコルフ草農場と提携《ていけい》していただきたいのです！」

予想だにしていない提案に、ライラ以外の全員が目を瞬かせる。

「トリスタン家の……コルフ草農場？」

呟いた俺は、ハッとあることを思い出す。

「そういえば、トリスタン商会はコルフ草を原料にした紙を開発しているんだったね」

トリスタン商会は、育った土地の養分を吸い上げるというコルフ草の特性を利用し、燃《も》えない紙を開発しているんだよね。

どういう育て方をしたかは、企業秘密だそうだけど。

そうだよね。大量に紙を作っているんだもん。きっと、コルフ草の大きな畑を所有しているんだろう。

「これから黒い鬣が欲しくなっても、この泥田の周りにはもうコルフ草を生やすわけにはいかないんじゃないですか？」

ライラに問われ、ディーンは泥田に視線を向ける。

「確かに、泥染めに影響が出るし、生育地が広がっても困るから、ここでコルフ草を育てることはできないいな」

「この土で育てた……コルフ草と似たものを作れるの？」

イルフォードは首を傾げてライラに尋ねる。その問いに、ライラはニヤリと笑った。

「うちの商会は、燃えにくい紙を開発する際に、いろいろな土地の土で畑を作り、数十種類のコルフ草を育てました。泥田の土は特殊なので、再現に少しお時間がかかるかもしれませんが、うちには研究実績があります！　ここで育ったコルフ草に近いものを、作ってみせますよ！」

ライラは流れるようにセールストークを繰り広げてから、営業スマイルを浮かべつつ、ぐっとガッツポーズを作る。

「……すげぇ、まったく隙《すき》のない営業だ」

レイが恐ろしいものでも見たかのように、口元を引きつらせる。

うん。ライラは商売上手だよね。

イルフォードは顎に手を当てて、考え込む。

「いろんな土で育てたコルフ草……。黒や赤以外の色も作ることが可能ってことか」

「コルフ草を用意してもらえるのは、とてもありがたい話ではあるが……」

ディーンはこの話に乗っていいものか、少し迷っているようだ。

そんな彼に、アリスは微笑む。

「私はいい案だと思います。コルフ草は繁殖力が高いですから、管理するのも大変ですし」

いろいろな土を用意したり、管理したりするのにも、人やお金や時間がかかるもんね。

「自分たちで一から始める労力を考えれば、僕も任せたほうがいいんじゃないかと思います」

そう言って俺も賛同したが、ディーンはまだ躊躇《ためら》っている。

「さっきも言った通り、保護地区の維持管理費の件がある。トリスタン商会が求める対価を充分に返せるかわからないが、大丈夫か？」

　確認するディーンに、ライラはニコッと笑った。

「イルフォードさんの手掛ける新作の計画に、トリスタン商会が関わることが重要ですので、ご心配なさらず。保護地区を作ることが先決ですから、料金は販売してからの支払いで結構ですよ。価格はコルフ草一巻き、三十ダイル。維持管理費に余裕ができた頃に再契約させていただきたいですが、その後も四十ダイルで大丈夫です。どうでしょう？」

　一巻きは、直径五十センチほどの円一周分の量だ。

　そして一ダイルは十円だから、三十ダイルは三百円。

　品質によって異なるが、動物の飼料《しりょう》となる藁《わら》一巻きの市場価格は、五十ダイルから八十ダイルくらいだったと記憶している。

　四十ダイルに上がったとしても、市場に比べてかなり安い。

　しかも、販売するまで支払いを待ってくれるという好条件つきだもんね。

　だが、条件が良すぎるあまり、ディーンは困惑《こんわく》しているようだった。

「そ、その内容で契約できるのか？　本当にトリスタン商会は、その価格で契約してくれるのか？」

　ライラは困り眉でため息を吐く。

「本当は、もう少しいただきたいところなんですが……。イルフォードさんがデザインする素敵な服を見たいですし、何よりタイロン保護の力になりたいですから。かなり頑張りました」

微笑むライラを、レイは訝しげに見つめる。

その視線に気がついたライラは、ウェストポーチから紙と携帯用《けいたいよう》の羽根ペンを取り出し、サラサラと何かを記入し始めた。

「この場の口約束だけではご心配でしょうから、ここで一筆《いっぴつ》書きますね」

俺やレイは身を乗り出して、その紙を覗き込む。

紙には、先ほど持ちかけた取引の条件などが書かれているようだった。

ライラは一番下に自分の名前を付け足し、それから自分の首にかかっていたネックレスを外す。

ネックレスには、石のペンダントトップがついていた。

そのペンダントトップにインクをつけ、別の紙に少し試し押しをしてから、名前の横にぎゅっと押しつける。

すると、小指の爪《つめ》ほど小さな、トリスタン商会のマークが現れた。

どうやらペンダントトップが、判子《はんこ》になっていたようだ。

ライラは内容に不備がないか再度目を通し、でき上がったものをディーンに差し出す。

「こちらで検討してください。内容に問題がなければ、正式な契約書をお作りします」

紙を受け取ったディーンは、俺たちに断りを入れてから、イルフォードを連れて離席する。

内容を確認し、二人で相談するつもりのようだ。

木陰で話し合っている二人を見つめ、ライラは呟く。

「いい条件だから、受けてもらえるといいんだけどなぁ」

言葉ではそう言いながらも、表情はどこか自信ありげだった。

まぁ、ディーンたちにとって、これほどいい条件はないもんね。

余程のことがない限り、この契約は断られないと思う。

レイはディーンたちをチラチラ見ながら、ライラに小声で話しかける。

「だけどさぁ、ユセフおじさんに通さないで、勝手に約束しちゃって平気なのか？」

そこは俺も心配なところである。

印を押した時点で、あの紙はトリスタン商会の正式な文書になってしまった。

正式契約はこれからだけど、一度文書で約束してしまった価格や条件は、こちらの都合ではもう変更できなくなる。

不安げなレイに、ライラはなんでもないといった顔で小さく肩をすくめた。

「平気よ。コルフ紙の材料にならないコルフ草は、私の担当だから」

それを聞いて、俺たちは目を瞬かせる。

「コルフ草の農場では、紙の材料以外にもコルフ草を育てているの？」

「それが、ライラの担当だって？」

俺とレイの問いに、ライラはペンダントトップについたインクを拭きながら頷く。

「そう。コルフ農場の一角に、紙の試作を行う際に作った、何十種類ものコルフ草畑があるのよ。私は、その畑とコルフ草の使い道を、お父様から一任されているの。だから、商会の印も持たされているってわけ」

そう言って、綺麗になったペンダントトップを俺たちに見せる。

「えぇ！　お仕事を任されてるの？　わぁ、ライラすごいねぇ！」

トーマの賛辞を受け、ライラは満更《まんざら》でもなさそうに口角をあげる。

「まぁね。印を渡されることは、それだけお父様に期待されているわけだから、正直、とても嬉しいわ。……でも、同時に私に商人としての資質があるのか、試されているってことでもあるのよね」

げんなりとため息を吐くライラに、アリスは共感する。

「大きな期待は嬉しい反面、重圧も感じちゃうわよね」

ライラは腕組みしながら、それに大きく頷く。

「そうなのよ。普通の使い道じゃお父様は納得してくれないだろうから、すっごい困ってたの。コルフ草で商品を作ろうとしても、手間も費用もかかっちゃうし。すでにコルフ草製品を作っているところは、自分の畑を持っていることがほとんどだから、売っても安く買い叩かれちゃうでしょ？」

ライラは頬に手を当てて、ため息を吐く。

「繁殖力が強いコルフ草は、刈り取ってもどんどん生えるから、コルフ草をたい肥《ひ》にすることも考えたの。でも、それだとせっかく何十種類ものコルフ草があるのに、勿体ないじゃない？　どうしたものかと思っていたところで、さっきのお話を聞いたわけ」

まさにライラにとって、渡りに船だったってことだな。

「契約できたら嬉しいわぁ。ふふふ」

口元に手を当てて笑うライラを、レイは恐ろしいものを見るかのような目で見つめる。

「すぐに商売と結びつけるなんて。本当に根っからの商売人だよな」

ライラは「フン」と鼻を鳴らす。

「誉《ほ》め言葉として受け取っておくわ。だけど、これはディーンさんたちにとって、すごくいい取引なのよ。何十種類のコルフ草を、今から用意するのは大変よ。それに、うちのお父様なら、きっともっと価格を高く設定したと思うわ。商人としての私の名前を覚えてもらうのと、これからいい信頼関係を築くために、今回は特別価格にしたんだから」

得意満面で胸を張るライラに、アリスは小さく笑う。

「特別価格なのは、きっとありがたいと思うわ」

俺もトーマも笑顔で頷く。

「そうだね。いい取引だし、受けてくれるといいよね」

「タイロンたちの助けにもなるもんね」

そんなタイミングで、席を外していたディーンたちが戻ってきた。

俺たちの前に座るやいなや、イルフォードはライラに向かって言う。

「契約を結びたい」

それを聞いたライラがパァッと笑顔になると、ディーンは慌てた。

「ちょっと待て！　正確には、契約を結ぶつもりだが、国王陛下に報告を終えるまで少し待って欲しい、だ。待たせてしまうことになって申し訳なく思うが、俺たちだけで契約の成否を決めるわけにいかなくてな」

あぁ、今回の泥染めの件は、国の一大プロジェクトだもんね。

報告が必要なのも、当然かもしれない。

それを聞いたライラは、ちょっと残念そうな顔で笑う。

「そうですよね。まぁ、もともと話を一旦持ち帰って、検討していただくつもりだったので。それで問題ないです」

ディーンはホッと息を吐く。

「すまない。これ以上ない提案だから、契約は決まったものだと思ってくれ」

そう話すディーンの隣で、イルフォードは珍しく不満げな顔をしていた。

「今……契約を結びたい」

ディーンをじっと見つめて、訴えている。

そんなイルフォードをスルーして、ディーンはライラに向かって言う。

「決まったら、すぐに連絡を入れるから」

無視されたイルフォードは、再びボソッと呟く。

「契約を……結びたい」

そのあとも壊《こわ》れたロボットみたいに、何度もそれを繰り返す。

このまま放っておいていいのだろうか。

俺はイルフォードから、ディーンへと視線を向ける。

ディーンもスルーできなくなったらしく、ため息を吐いてイルフォードを睨んだ。

「タイロンの鬣を組み合わせるのも、当初の予定にはなかったんだ。一度国王陛下に報告してからじゃないと、正式には契約できないって言ってるだろ」

ディーンは父親に似て眼光が鋭いので、睨まれると迫力がある。

しかし、イルフォードは怯《ひる》むことなく見つめ返す。

「だけど、ここら辺のコルフ草はもうほとんどない。飾り紐は本数も少なかったし、ブラッシングで抜けた毛で賄《まかな》えたけど。もう少しで、毛が生え換《か》わる時期になるから」

あ〜、確かに。イルフォードの言っていることも、一理あるよね。

鬣は夏前に一度抜けるから、色を変えたいって考えるのであれば、今のうちにコルフ草を食べさせたほうがいいだろう。

「大丈夫。何かあったら、ディルグレッド国王陛下に言うから」

イルフォードは任せろとでも言うように、ポンと自分の胸を叩いた。

無表情なのに、不思議と自信満々に見える。

ディーンは額に手をやると、低く唸った。

任せていいものか迷っているようだ。

以前、国王から依頼を受けたのは『暇《ひま》つぶし』だって、イルフォードは正直すぎる発言をしていた。そんな彼が、国王陛下相手に失言なく交渉できるか不安なんだろう。

イルフォードの行動は読めないから、ディーンはいつもより慎重になっているようだ。

悩むディーンを見て、ライラはそっと手を挙げる。

「あのぉ、契約前に先にコルフ草を納品してもいいですよ？」

その言葉に、俯いていたディーンが「えっ！」と叫んで顔を上げた。

「大丈夫なのか？」

「ええ、今ある鬣の色は、オレンジ・赤・黒ですよね？　うちの畑のコルフ草を食べさせて出た色も見本として提出できたら、国王陛下ももっと興味を持ってくださると思いますし」

にっこり笑うライラに、ディーンはホッと息を吐く。

「いいのか？　そうしてくれると助かる！」

「いえいえ。困った時は、お互い様ですから。では、すぐに手配いたしますので、どれくらいの数量が必要か決めましょう」

ライラはそう言って席を立ち、ディーンたちの座る向かい側へと移動する。

ディーンと話し合うライラを見つめ、レイはボソッと呟いた。

「これで契約は確定したな」

その呟きに、トーマは嬉しそうに頷く。

「うん。契約してくれそうだよね」

「もともと報告を終えたら、契約してくれるって言っていたし。大丈夫よ」

アリスもそう言って笑みを浮かべた。

しかし、レイは「違う、違う」と首を横に振る。

それから、俺たちだけに聞こえるくらいの小さな声で言う。

「『ほぼ確定』じゃなくて、『確定』なんだよ。トリスタン商会のコルフ草で見本を作ったら、もう他のコルフ草を使えなくなるだろ？」

指摘されて、俺やカイルはレイの言わんとしている意味に気づく。

「あ、そうか。他のコルフ草を食べさせると、色が変わる可能性があるのか」

「途中で色を変えるわけにはいかないよな」

レイは頷いて、チラッとディーンを見る。

「アリスちゃんが言った通り、契約してくれる予定だったとは思うけどな。より確実になったってわけだ」

営業スマイルで商談をしているライラを見つめ、トーマはゴクリと喉を鳴らす。

「さすがライラだぁ」

うん。将来は立派な大商人になりそう。

俺は改めてライラの商人としての能力の高さに、感嘆の息を吐く。

「ライラのおかげでタイロンたちの保護地区の準備も、すぐに取りかかれそうだね」

俺の言葉に、トーマも「うんうん」と頷く。

「早く保護地区ができれば、タイロンたちも安全に暮らせるね！」

「泥染めの新作も、無事に作れそうで良かったわ」

微笑むアリスに、俺は「そうだね」と笑い返した。

どんなドレスやマントができるのかなぁ。

完成した新作を見せてもらえる日が、今から楽しみだ。

3

ドルガドの泥田を訪れた日から、一週間後。今日は休息日だ。

俺とカイルは、コクヨウ、ヒスイ、ルリ、テンガ、毛玉猫のホタル、氷亀《こおりがめ》のザクロ、ダンデラオーのランドウ、光鶏《こうけい》のコハクを連れて、寮の裏の森の中にある小屋に来ていた。

普段お留守番《るすばん》させていることが多いので、休日はなるべく召喚獣たちと遊ぶ時間をとっている。

学業や行事で忙しくなると、一緒に遊んであげられる時間や体力がなくなっちゃうもんなぁ。

余裕がある時は、なるべく一緒に遊んであげたい。

「ホタル、テンガ、コハク。ブランコ、楽しい？」

敷地内にあるブランコを押してあげながら、二匹と一羽に聞く。

【はい！　ブランコ楽しいです～！】

【フィル様、もっと強くブランコを押して欲しいっす！】

【もっと、もっと～！】

ホタルは楽しそうに答えてくれたが、テンガとコハクは少し物足りなさそうに、俺にせがむ。

「もう限界だって。これ以上強くしたら、放り出されちゃうかもしれないよ。さっき、ランドウが飛んでいったの見たでしょ？」

ホタルたちの前にランドウがブランコに乗って、カイルがそれを押していたのだが、勢いよく放り出されたのだ。

幸い、それに気づいたヒスイが風の力で受け止めてくれたから事なきを得たけれども。

ランドウが悲鳴をあげながら空高く飛んでいったのを見た時は、本当に肝《きも》が冷えた。

当のランドウは、興奮気味に大きな身振りで空を指す。

【そうだぞ！　油断するな！　俺なんか、すっげー高いとこまで飛んだんだから！】

全然懲《こ》りていないランドウに、カイルは眉を顰《しか》める。

「そうなったのは自分のせいだろう」

ランドウはムッとして、タンタンッと足を鳴らした。

【なんだとー！　俺が悪いって言うのかー！】

「だから、そうだって言っているだろ」

このままではヒートアップしそうだったので、俺はブランコを押す手を止めて、諭《さと》すように言う。

「今回はランドウがいけないよ。ブランコにはちゃんと座らないとダメだって言ったよね？」

【ちゃ、ちゃんと座ってた！】

言い返すランドウに、芝生《しばふ》で日向《ひなた》ぼっこしていたコクヨウが、欠伸《あくび》しながら言う。

【嘘《うそ》をつけ。身を乗り出していたではないか】

「それに、勝手に留《と》め具《ぐ》も外してなかった？」

ランドウやテンガはブランコを強く押してもらうのが好きなので、強めに押しても放り出されることがないよう、少し前からブランコの椅子《いす》に安全バーとベルトを取り付けている。

大人しく座っていれば外れないようになっているのだが、スリルを味わいたかったのか、どうやら乗っている最中に、こっそりベルトの留め具を外してしまったようなのだ。

しかも、コクヨウの言うように、その状態でバーから身を乗り出していたらしいんだよね。

そんな状態じゃ、空に放り出されるに決まっている。まさに、自業自得《じごうじとく》。

【俺たちはちゃんと、ベルトしてるっすよ！】

【してる！】

テンガとコハクは、ランドウに向かって得意げに言う。

「ね？　無事で良かったけど、ヒスイが助けてくれなきゃ怪我していたかもしれないんだよ？」

俺が優しく言うと、ヒスイが俺の横に降り立って加勢してくれた。

【そうですわ。ランドウ、ちゃんと反省しないとね】

さらに、ザクロがやって来て、ランドウの背をポンと叩く。

【お前さんも本当は悪いと思ってんじゃねぇのかい？　今が素直になり時だぜ？】

取り調べをしている熟練の刑事さんのように、ランドウに声をかける。

【うぅ、俺が悪かったよぉ！】

とうとう、ランドウは観念した。

ガックリとしているランドウに、俺は笑いそうになるのを堪《こら》える。

いつもこれくらい素直だといいんだけどなぁ。

「さて、そろそろ休憩にしようか」

俺はホタルたちをブランコから降ろしながら言う。

【えぇ、もうおしまいっすか？】

不満そうなテンガに俺は笑い、宥《なだ》めるようにその頭を撫でる。

「休憩が終わったら、また遊んであげるから」

【うむ、休息は必要だ】

その声に振り返れば、先ほどまで芝生で寝転がっていたコクヨウが、テラス席の横にちょこんと座っていた。

【フィルはひ弱だからな、休息しよう。おやつの時間でもあるしな！】

二本の尻尾をフリフリと振りながら、催促《さいそく》するように足踏みしている。

人のことディスりながら、おやつを要求するとは……。

一瞬、コクヨウのおやつだけ少なくしちゃおうかと思ったが、あとからブツブツ文句を言われるのも面倒だなと考え直す。

俺は息を吐いて、カイルと一緒におやつの準備を始めることにした。

今日のおやつは、穴のあいたドーナッツだ。

「一人二個ずつね」

ドーナッツが二個載った皿を置くと、コクヨウたちはさっそくかぶりつく。

続いて、コハクとルリの前に、ドーナッツが一個だけ載ったお皿を置いた。

「コハクとルリは体が小さいから、一個を分け合って食べて」

【どーなっつ！】

コハクは嬉しそうにお皿の前で飛び跳ねる。

……いざ前に置いてみると、コハクたちとドーナッツって、同じくらいの大きさだな。

「そのままだと大きすぎるかな。もっと小さいのにするか、食べやすいように割ってあげようか？」

俺が一度お皿を下げようとすると、コハクはバッと翼《つばさ》を広げた。

【このまま！】

「えぇ、このままがいいの？」

俺が聞くと、コハクはコックリと頷いた。

【おおきいの、このまま！】

【あ、あの、えっと、私も大きいの食べてみたいです】

コハクとルリが同じ気持ちならしょうがない。

「おやつが終わったらまた遊ぶんだから、食べすぎないようにね」

そう言って微笑むと、コハクとルリは元気よく【はーい】と返事する。

それから、一匹と一羽はドーナッツの真ん中に入って、内側から食べ始めた。

このままがいいと言ったのは、そうやって食べたかったからか。

確かに割ったら、真ん中から食べられないもんね。

癒される。まるで絵本の世界のような光景だ。

ホタルやテンガたちも、口いっぱいに頬張っていて可愛い。

思わず笑みを浮かべてから、自分もドーナッツをパクリと食べる。それから、カイルが用意してくれたホットミルクに口をつける。

素朴《そぼく》な味のドーナッツとホットミルクの組み合わせは、気持ちをほっこりさせる。

「フィル様、美味しいですね」

甘いものが苦手なカイルも、気に入ってくれたようだ。

「ふふ。こういう素朴なおやつもいいよね」

俺は微笑み、ドーナッツをもう一口食べる。

すると、それと同じタイミングで、下のほうから【ふぎゃっ！】という声がした。

声がしたほうを見ると、コクヨウが空中で足を止めていた。

いや、違う。見えない何かを、足で踏んでいるようだ。

何度も見てきた光景なので、踏んでいる『それ』が何かはすぐにわかった。

十中八九《じっちゅうはっく》、コクヨウの足元には、姿を消したランドウがいる。

姿を消す能力を持つランドウは、よくコクヨウにいたずらをしかけることがあるんだよね。

そうしているうちに、ランドウが徐々《じょじょ》に姿を現し始めた。

左前足にドーナッツを抱え、右前足はコクヨウの皿にあるドーナッツに向かって伸ばしている。

いったい、どういう状況だ？

自分のドーナッツを抱えながら、コクヨウのドーナッツを盗《と》ろうとしたのかな。

前に、もうコクヨウのおやつに手を出したらいけないって言った気がするんだけど……。

「相変わらず、怖いもの知らずだなぁ」

俺の呟きに、カイルも呆れた様子でランドウを見つめる。

「学習能力がないんですかね」

何回も同じようなことをして、何回も阻止《そし》されているのにねぇ。

コクヨウも呆れた目をして鼻息を吐き、ランドウを踏む足に体重をかける。

【ランドウ、お前は毎度毎度……。お前が姿を消したとて、気配ですぐばれるというのに。我のものを奪えると、本気でそう思っておるのか？】

何度もやっているからか、かなりお怒りモードだ。

それを感じ取ったのか、さすがのランドウも焦る。

【ち、ちち、違う！　盗るつもりじゃないって！　こっちのほうが大きそうだったから、俺のと交《こう》換《かん》しようかなぁ～って思っただけで】

交換だからセーフって問題でもない。

【交換？　お前が抱えているものは、すでにお前の齧った跡があるが。それとか？】

コクヨウに問われたランドウは、踏まれながらコクヨウの顔を窺う。

【やっぱり……ダメ？】

【ダ・メ・に・き・まっ・て・る】

コクヨウは言葉を区切りながら、むぎゅむぎゅと踏む。そのたびに、ランドウが【ふぎゃ】と呻《うめ》く。

うん。コクヨウ相手にそれは無理だよね。

ランドウってば、コクヨウが交換に応じると思ったのかな？

いや、ダメだと思ったから、こっそり交換しようとしたのか。

って、いけない、いけない。悠長《ゆうちょう》にそんな推測をしている場合ではなかった。

ブランコに引き続き『自業自得パート2《ツー》』とはいえ、そろそろ踏むのを止めさせないと。

あのままではランドウが食べたドーナッツが、口から出てしまう。

俺は小さいドーナッツを、コクヨウとランドウの前に差し出す。

「ほら、コクヨウ。もうその辺にしなって。そんなに食べたいなら、こっちの小さいドーナッツをあげるから」

小さいドーナッツは、ころころと可愛い丸型だ。

コクヨウは踏むのをやめて、それにパクリと食いついた。

【ふむ、形は違うが味は同じか。……美味い。仕方ないな、これくらいにしておいてやるか】

コクヨウはフンと鼻を鳴らして、皿に残っているドーナッツに食らいつく。

ランドウも這《は》いつくばっている状態から起き上がると、嬉しそうに一口ドーナッツに飛びついた。

【へへへ、やったぁ！】

「テンガたちも食べたかったらあげるからね」

それを聞いて、テンガとホタルは目を輝かせた。

【わーい！　欲しいっす！】

【ボクも食べたいです】

「わかった、わかった」

俺は笑って、駆け寄ってきたテンガやホタルに分けてあげる。

ふぅ、おかわりを要求されることを見越して、多めに用意しておいて良かった。

ランドウも先ほど踏まれたことはもう忘れたのか、幸せそうにドーナッツを食べている。

憎《にく》めないその姿に、俺は苦笑した。

それにしても、ランドウは俺と召喚獣契約する前に比べて、ずいぶん能力が安定したよね。

姿を消せる時間が、かなり長くなった。それに、触れたものも消せるのだけど、その範囲も広くなっている。

今なら自分と同じ大きさのものくらいは、一緒に消せるのではないだろうか。

まぁ、その成長した力をいたずらに使うのが、困ったところなんだけどねぇ。

俺はテーブルに頬杖をついて、夢中になってハグハグとドーナッツを頬張るランドウを見つめる。

「僕も消えてみたいなぁ」

自由に姿を消せるって、ちょっと羨《うらや》ましいよね。

その時、カシャンッと陶器《とうき》のカップが強く置かれる音がした。

見ればカイルが、俺を凝視《ぎょうし》して唇を震わせている。

「ん？　カイル、どうかしたの？」

なんでそんな顔をしているんだ？

不思議に思っていると、カイルはゴクンッと喉を鳴らして俺に尋ねる。

「き、消えたいって何ですか⁉　世を儚《はかな》んでいるとか、失踪《しっそう》したいとかって話じゃないですよね？

何かお悩みが⁉　お、俺では力不足かもしれませんが、それでも何か役に立てるかもしれません。

フィル様が悩んでいらっしゃるなら、どうか俺に言ってください！」

カイルは居住まいを正して、真剣な顔で自分の胸をバンッと叩く。

世を儚む⁉　失踪⁉

とんでもない勘違いをされてしまっているみたいだ。

俺は慌てて手を左右にブンブンと振る。

「違う、違う。ランドウみたいに姿を消せるのが、羨ましいなって思っただけだよ」

それを聞いた途端、カイルは拍子抜けしたような顔になる。

「あ……あぁ、ランドウの……。なんだ……そうだったんですかぁ」

そう呟いて、脱力するとともに長いため息を吐く。

「心配させちゃってごめんね」

「急に消えたいなんておっしゃるんで、驚きましたよ。でも、どうしてそう思ったんです？　まさか、ランドウみたいにいたずらをしたいと思ったわけではないでしょうし……」

不思議そうに言うカイルの足を、ランドウはペシペシ叩く。

【消えている時、いつもいたずらをしているわけじゃないぞ！】

ぷんぷんと怒って、足で地面を鳴らす。

そんなランドウに向かって、ヒスイはにっこり笑う。

【あら、消えている時は、大抵何かいたずらをしている時だと記憶しているのだけれど？】

ヒスイの笑顔から圧を受けて、ランドウは俺の脚《あし》の後ろに隠れた。

俺の部屋で留守番させている時は、ヒスイがランドウたちの面倒を見ている。

怒られることもあるらしく、ランドウはヒスイに逆らえないみたいなんだよね。

【だ、だけど、毎回じゃないし】

ランドウはぴょこっと顔を出して言い、また俺の後ろに隠れる。

言い逃げするのに、俺を盾《たて》に使わないで欲しい。

ドーナッツを食べ終えたコクヨウは、口元をぺろりと舐《な》めて言う。

【それで、フィルは姿を消してどうしたいのだ？】

皆の視線が集まる中、俺は躊躇いつつも口を開く。

「それは、そのぅ……。僕って……えっと……ほら、目立つじゃない？」

「ええ、目立ちますね」

カイルに間髪《かんはつ》容《い》れずに返されて、俺は「うぅ」と唸る。

聞いたのは俺だけど、そんなさも当然のように認めなくても……。

そりゃあ、カイルは俺が目立ったことをするたびに、父さんに報告できないことが増えるから、苦労をかけているとは思うけどさ。

俺は少し拗《す》ねつつも、話を進める。

「だから、ランドウみたいに消えるとか、カイルみたいに目立たない方法とか、僕にそういう方法があったらいいなぁって思って」

カイルは闇の妖精《ようせい》の力を借りて暗闇に溶《と》け込むことができるし、カイル自身も気配を消す能力に長《た》けている。

俺もそんな力があれば、目立たずに街中を自由に歩けるのではないかと思ったのだ。

カイルはようやく合点《がてん》がいった顔をする。

「あぁ、それで『消えたい』発言が出たんですね？」

俺は息を吐いて、コクリと頷いた。

「目立たない練習みたいなのは、もうすでにやっているんだけど。なかなか、上手くいかないんだよねぇ」

俺の言葉を聞いて、カイルは何かを思い出したような顔で呟く。

「あぁ、そうか……。少し前に、フィル様が人込みに紛《まぎ》れる練習を始めたのはそういうことか……」

「え！　嘘！　見てたの!?　カイルがいない時に、こっそり練習していたのに！」

カイルは俺と一緒に行動していることが多いが、カイルが自主鍛錬に行っている時と、俺が召喚学の授業を受けている時、寮に帰ったあとなどは別行動。

その隙を見計《みはか》らって練習していたのに、いつ見られていたんだ？

恥ずかしさに顔を熱くしていると、カイルは首を横に振った。

「俺は見ていません」

カイルは実際に見ていない？　ということは、どういうことだ……。

「なら、キミーたちから聞いたとか？」

授業の時など、カイルは仲の良い闇妖精のキミーたちを、人の影に潜《ひそ》ませたりするんだよね。

カイル曰く、俺が何かやらかした時にカイルがすぐ駆けつけるための、サポート要員らしい。

実際、召喚学で騒ぎになった時に、キミーたちがカイルを呼びに行ったことがあった。

そういうことかと推測していたんだけど、カイルは再び首を振った。

「違います。フィル様が人に紛れながら移動しているところを、生徒たちに目撃されていたんですよ。俺はその噂を聞いたんです」

もっと恥ずかしいバレ方だった。

「他の生徒に見つかっていたの⁉」

さらに熱くなる頬を両手で押さえる俺に、カイルは嘆息する。

「だから、フィル様は隠れられていないんですって。生徒たちの後ろにくっついて、背後からぴょこぴょこ顔を出している姿がヒヨコみたいで可愛いって言われていましたよ」

「ヒヨコ……」

俺の呟きに、コハクが呼んだかという顔で「ピヨ」と鳴く。

ショックだ。自分の体の小ささを活かす、いい隠れ方だと思ったのに……。

ガックリと項垂《うなだ》れる俺に、ザクロはしみじみと呟く。

【まぁ、フィル様は隠れても目立っちまいやすよねぇ】

俺は「はぁ」とため息を吐いて、顔を上げる。

「それ、気配を消す相談をワルズ先生にした時も、似たようなこと言われた。あぁ、うちの学校の生徒も観光でグレスハートに行く可能性が出てきたから、街中で目立たない方法が会得《えとく》できないかと思ったんだけどなぁ」

「ワルズ先生に相談したんですか？」

カイルに聞かれて、俺はコクリと頷いた。

「ワルズ先生の気配のなさは、カイルもよく知っているでしょ？」

ワルズ先生はステア王立学校中等部の、剣術を担当する先生だ。

忍者《にんじゃ》みたいで、とにかく気配というものを感じさせない。

音や気配に敏感《びんかん》なカイルでさえ、背後に立たれて声をかけられるまで気がつかないほどだ。

本人は普通にしているつもりらしいのだが、いつも驚かされるので心臓《しんぞう》に悪い。

それくらい気配を消すのが上手い人だから、コツを教えて欲しいってお願いしてみたんだよね。

「ワルズ先生は何て言ってました？」

カイルに聞かれて、俺はワルズ先生の口調に似せてボソボソ声で喋《しゃべ》る。

「コツを教えることは可能ですが、フィル君は私と違って身から光が溢《あふ》れていますからねぇ。根本的に向いていないと思いますよ……って」

返答が予想していた範囲内だったのか、カイルが「あぁ」と声を漏らす。

「それで、教えてもらえたんですか？」

「うん。やってみないと、本当に向いていないのかわからないでしょ。だから、なんとかコツを教えてもらって、実践《じっせん》練習をやってみたんだ。まぁ……その結果が、目撃された『ぴょこぴょこヒヨコ』なわけなんだけど」

俺はガックリと肩を落とす。

どうしてだ。ワルズ先生の言う通り、呼吸の回数を減らし、足音を立てず、動きも制限した。

さらに、身体の力を抜いてリラックスさせつつ、感情はなるべく『無』にしようと心掛けたつもりだ。

俺はじっと自分の手を見つめる。

……もしかして、本当に体が光ってるのか？

それだと、ますます光鶏のコハクと一緒になるのだけど？

チラッと再びコハクに視線を向けると、お腹いっぱいドーナッツを食べ、満足そうに大の字で寝転がっていた。

危機感のない、鳥らしからぬ体勢である。

この小さなヒヨコと一緒か……。

俺がそう思っていると、カイルの影の中からキミーが出てきて言う。

【私の闇でフィル様をまるごと包めば、姿は隠せるけど……。フィル様が出歩く昼の街中には不向

きだものねぇ】

　そう。闇妖精の闇は、月のない暗い夜や物陰に潜む時には最適なんだけど、昼の街中では絶対に使えない。

「人型の黒い影が街中を歩いていたら、騒動になっちゃうもんね」

　それで街中に混乱を引き起こしたら、父さんに大目玉《おおめだま》をくらっちゃうよ。

　すると、ランドウが【はい！】と前足を挙げる。

【俺は、触ったものも一緒に消せる能力を持っているだろ？　それを使えばいいんじゃないか？　俺も能力が強くなって、範囲が広がったし！】

「範囲が広がったって言っても、安定して消せる範囲は大きなボール一つ分くらいでしょ？」

　俺が言うと、ランドウは上半身を持ち上げて言う。

【頭を消すんだよ！　そうしたら、フィルだってわかんないだろ！】

　名案だとばかりに、得意げに顎を上げる。

　その提案を聞いた俺とカイルは、揃って頭を抱えた。

「確かに僕だってわからないかもしれないけどもさぁ」

「頭がない人間が歩いていたら、それだけで騒ぎになるだろうが」

　そんな状況、ただのホラーである。

ランドウは、意見を却下されたことに対してつまらなそうに言う。

【えぇ～、いけるかと思ったんだけどなぁ】

いけない。いけるわけがない。むしろ、どうしていけると思ったのか聞きたい。

やはり消えるなら、一部じゃなくて全部じゃないと。

魔法みたいに万能な何かがあればいいんだけど、さすがにないもんなぁ。

そんなことを考えながら、俺はホットミルクに手を伸ばす。

カップをとる直前、ふと手首につけたブレスレットが目に入った。

「姿を隠す……見える……見えない……見えても僕だとバレない……」

ブツブツと呟く俺の顔を、カイルが覗き込む。

「フィル様？　どうされましたか？」

俺は低く唸りながら、ブレスレットをつけた手を太陽にかざす。

「ん～、鉱石を使った、僕だとわからなくさせる方法はないかと思って……」

俺の返答に、カイルは目を瞬かせる。

「鉱石で？　どうやってですか？」

「それはまだ考え中なんだけど。僕はいろんな鉱石を持っているし、それを活用できないかな？」

言いながら、カイルに向かって自分が身に着けているアクセサリーを見せる。

俺は鉱石をいつでも使えるように、普段から鉱石のついたアクセサリーを身に着けている。

水の鉱石がはめ込まれている指輪《ゆびわ》や、光の鉱石がはめ込まれた太陽《たいよう》モチーフのネックレス。

そして、革紐に何種類もの鉱石を通したブレスレットがある。

ブレスレットに使われている鉱石は、火・氷・風・土・砂《すな》・雷《かみなり》・闇・吸引・霧《きり》だ。

鉱石は属性によって、使える能力がそれぞれ異なる。

いろいろある鉱石を使えば、いい方法が見つかりそうな気がしたのだ。

それを聞いたカイルは、腕組みをして考え込む。

「確かに、鉱石は発動する人によって、使い方もだいぶ変わりますからね。もしかしたら、何かしら方法があるかもしれません」

【霧だったら、人に幻覚《げんかく》を見せることができるのではないか？】

ふいに会話に入ってきたコクヨウは、俺と目が合うと空《から》っぽになった自分の皿を爪でカツカツと鳴らした。

どうやら、ドーナッツのおかわりを催促しているようだ。

俺はおかわりの小さなドーナッツを、二個追加してやる。

「なるほど、霧かぁ」

コクヨウが言うように、霧の鉱石は周りに霧を発生させる他に、対象者に幻《まぼろし》を見せて惑《まど》わせることもできる。

持っている鉱石の中でも、特に変わった能力を備えているのだ。

俺は渋い顔で、低く唸る。

「ん～幻惑はどのくらいの範囲に効果を及ぼすかわからないし、何より人に対してはもう使いたくないんだよね」

前にどうしようもなくて使ったことはあったけど、人の感覚を操作して鈍らせるのってなんだか危ない気がしてしまう。できればそういうことには使いたくない。

「シンプルに霧を発生させるっていうやり方もあるけど……。いきなり街中で身を隠せるほどの濃い霧が発生したら、混乱が起こるもんなぁ」

俺の言葉に、カイルは遠い目をしながら言う。

「前に学校で霧雨《きりさめ》を発生させて騒ぎになったこと、ありましたよね」

うん。そんなこともありました。

カイルに言われ、俺はその当時のことを思い出す。

あれは、俺たちが所属しているモフモフ・鉱石研究クラブのクラブ活動中での出来事だ。

鉱石学のシエナ先生の指導の下、鉱石と『エナの結晶《けっしょう》』の実験をやっていて、俺はちょっとした騒ぎを起こしてしまった。

エナというのは人の体から発する、特殊なエネルギーだ。

それ以外にも自然界にはわずかながらエナが存在しており、それが長い年月をかけて結晶化したものがエナの結晶であると言われている。

鉱石は発動時間が短いというデメリットがあるのだが、鉱石をエナの結晶と一緒に発動させると発動時間が延《の》びることが実験でわかったんだ。

それを個々で試している時に、つい漢字を使って鉱石を発動させちゃったんだよねぇ。

鉱石を発動させるには、イメージを頭に強く思い浮かべ、唱えなければならない。

たとえば、霧雨を降らせたいなら、霧雨が降るイメージを持って「きりさめ」と唱える、とか。

この時、唱える際に思い浮かべる文字数が少ないほど、効力が上がる。

この世界は一音一文字なので、「きりさめ」というように四文字で発動させるのが一般的。

ただ、俺のように漢字を頭に思い浮かべながら使えば、「霧雨」と二文字になるので、文字数が少なくなった分だけ高い効力が得られる。

しかも、漢字は文字数が少なくなるばかりでなく、漢字に含まれる意味がイメージと強く結びつくようで、ひらがなでの二文字よりも、さらに威力が増すのだ。

場合によっては、漢字二文字の発動は強力すぎるため、普段は漢字とひらがなを組み合わせたりして、威力を調節している。

……ただ、この実験をした時は、魔が差してしまったんだよねぇ。

鉱石の発動時間も、文字数が少ないとやや長くなる傾向にある。

だから、エナの結晶で漢字を使ったら、もっと発動時間が長くなるんじゃないかって思ってしまったんだ。

そうして、周りにバレないように、こっそり一人で試してみた結果――。

視界が真っ白になるほどの細かい霧雨が、二十分以上も降り続いた。

実験としては成功だったんだけど、突然の気象変化に生徒たちは大騒ぎ。

幸いにも雨が止むまで寮に帰れなくなった程度の影響で、俺がやったということはカイル以外にはバレなかったけど。心から反省した出来事だった。

「あの件で反省したから、霧はやらないよ。身を隠すほどの濃霧《のうむ》じゃ、視界不良で事故が起きちゃうからね」

俺自身、あたりが見えなきゃどこに進んでいいのかわからなくなっちゃうだろうし。

カイルは俺の返答を聞いて、安堵した様子で言う。

「それがいいです。ただ、それ以外の方法というと、何がありますかね？」

「ん～そうだなぁ。……あ！　これは？」

俺はテーブルの上に置いてあった白いトレイを、顔の前に持ってくる。

「霧で幻影のお面を作って、それに別の人の顔を映すとか」

「え、そんなことできますか？」

訝しむカイルに、俺は縦に持ったトレイの裏側を向ける。

「とりあえずテストね」

気象を操るわけではないから、この場合は漢字での発動で大丈夫だろう。

トレイに顔を描くイメージで……。

「幻影！」

すると——

「……俺？」

カイルが驚愕し、キミーがカイルとトレイを見比べて呆然とする。

【カイルとそっくり。でも、こんな王子様みたいな笑顔、見たことないわぁ】

カイルはトレイにある笑顔とは対照的な真顔を、俺に向ける。

「……フィル様、なんで俺の顔にしたんですか？」

「いや、発動する時、実際の顔を思い浮かべたほうがイメージしやすくて」

適当な顔ではイメージが不安定になって、リアルな顔にできないと思ったのだ。

ダメだったかな。アイドルを応援する時に使ううちわみたいでいいと思うんだけど。

このトレイに映った幻影はいずれ消えちゃうけど、実際にあったらカイルのファンクラブ会員が欲しがりそう。

【それにしても、鏡に映したみたいにそっくりですわね】

ヒスイが興味津々《きょうみしんしん》といった様子でトレイを覗き込む。

安定してイメージを思い浮かべられたからか、幻影は写真みたいにリアルだ。

テストとしては、成功といえるだろう。

【フィルがこれを顔につけたら、ちっちゃいカイルになれるんですの？】

小首を傾げるヒスイに、コクヨウが鼻を鳴らす。

【顔と体が合わんだろう】

コクヨウの言葉に、俺は口を尖《とが》らせる。

「カイルの顔にしたのは、お試しだって言ったじゃん」

俺だって、カイルの顔に俺の身体じゃバランス悪いってわかってるよ。

俺はトレイをまじまじと見て、小さく唸る。

「まぁ、たとえ僕の体格に合う顔でも、この方法は難しいかもなぁ。表情が変わらないから、ただお面をつけている人になっちゃうもんね」

お面に鼻や口など凹凸《おうとつ》をつければ、今よりさらにリアルに見えるだろうけど、表情に変化がないのは致命的だ。

瞬きしなかったり、表情が動かなかったりすれば、それは違和感として人の印象に残ってしまう。

これだと、よくできたお土産《みやげ》品だもんなぁ。

そう思いながら見ていると、トレイに映っていたカイルの笑顔が、スゥッと消えた。

鉱石の発動時間が終わったようだ。

真っ白い状態に戻ったトレイを見つめ、カイルは言う。

「やはりお面は、無理があるかもしれませんね。表情が動かず、お面だとすぐにバレるのであれば、別にそっくりであることにこだわらなくてもいいわけですし」

「確かに。幻影で作るお面は人間そっくりな分、悪目立ちしそうだもんねぇ」

写真技術がないこの世界で、そんなリアルなお面をつけて歩いてたら、絶対に怪しまれるって。

ノビトカゲのお面をつけていたほうが、まだグレスハートの街に溶け込めるってものだ。

うーむ、やはりお面じゃダメだな。いっそのこと、全身が隠れたほうがいいかもしれない。

物語の中だと、よく透明マントとか出てくるけど……。

「お面が無理なら、透明マントを鉱石でどうにか作れないものかな」

俺の呟きに、カイルは困った顔で言う。

「透明マントって、透明になるマントをかぶって身を隠すってことですか？　それは、お面よりも無理があるでしょう」

「あー……やっぱりさすがに無理があるかな？」

できたとしたら、とんでもないことだもんな。

諦《あきら》めかけたところで……突然ひらめいた。

待てよ、光の鉱石で光学迷彩《こうがくめいさい》みたいなことができないかな。

光学迷彩っていうのは、物体の周りの光を曲げて、実際にはあるのにその物体を見えなくする技術のことだ。

応用すれば、透明マントも再現できるんじゃないだろうか。

それをするには、光学迷彩に対応する特殊な素材のマントを作らないといけないけど。

でも、この世界には不思議な素材が溢れるほどあるもんね。

もしくは、光と霧の鉱石を組み合わせることで、それをクリアするっていう方法も――。

そんな風に考え込んでいる俺に向かって、カイルが言う。

「透明になれるマントがあったとして、フィル様がそれを着て歩いたら転んでしまいます。絶対に無理です」

キッパリ言われたことに、俺は目をパチクリとさせる。

いろいろ考えていた内容が、カイルの一言で全部吹っ飛んでしまった。

「……え？　僕が着たら……転ぶ？　無理ってそういうことぉ!?」

てっきり透明マントを作ることが不可能だって意味かと思ったら、俺がマントを着こなせないって意味だったとは。

カイルは真面目な顔でコクリと頷く。

「はい。だって、マントで透明になるには、頭から足先まで全身を覆わなくてはいけないでしょう？　マントに穴をあけてかろうじて視界を確保できたとして、そんなにズルズルと長いマントを羽織《はお》って、フィル様はたくさん人がいる街中を歩けますか？　人にぶつからずに、避けられる自信がありますか？　絶対に転びませんか？」

立て続けにされた質問に答えようと口をパクパク動かしたが、上手く言葉が出てこなかった。

確かに、シーツをかぶるみたいに全身を布で覆ったら視界も狭いし、布が邪魔で身動きが取れなくなりそう。

絶対に転ばないと言い切れる自信がない。

言葉を詰まらせる俺に、カイルはさらに畳《たた》みかける。

「それに、人々は透明になったフィル様の存在を認識できませんから、お構いなしに歩いてきます。一人や二人なら何とか避けられても、街中は人で溢れていますからね。俊敏《しゅんびん》に動けない状態で、そうなったらどうなると思います？」

その質問に、コクヨウが可笑《おか》しそうな声で答える。

【ひ弱なフィルのことだ。そうなったら、ぶつかった勢いで吹き飛ばされるな】

それに続いて、ランドウが先ほどの自分と俺とを重ね合わせたのか、あわあわしながら叫ぶ。

【それで、地面に転がって、たくさんの人間たちに踏まれるんだ！】

ザクロはひどく深刻《しんこく》な口調で言う。

【もしそうなったら……フィル様はひとたまりもねぇな】

それを聞いたテンガとホタルとコハクとルリは、俺の足にしがみついてきた。

【フィル様、透明にならないでくださいっす！】

【わぁぁん！　フィルさま死んじゃ嫌ですぅ！】

【フィル、ダメ！】

【死なないでください！】

俺が吹き飛ばされて転んで踏まれるのは、もう決定事項なのか。

いや、俺だってそうなりそうだなって思うけどさぁ。

とりあえず、皆の俺のイメージが、ひ弱だっていうのはわかった。

俺はしがみつくテンガたちの頭を撫でながら、しょんぼりと肩を落とす。

「透明マントは諦めるよ」

人のいないところでじっとしているだけなら大丈夫かもしれないけど、それだと目的からズレちゃうもんな。俺はあくまでも、街中を歩きたいんだから。

俺が諦めたのを見て、カイルは安堵した顔で頷く。

「まぁ、お面やマントの方法が使えたとしても、エナの結晶などのアイテムも一緒じゃないと、鉱石の発動時間が短すぎますよね。鉱石を使うアイデアは面白いですが、発動時間が短い点を解決しないと運用は難しい気がします。相手を怯ませたり、逃げたりする時には使えるかもしれませんが……」

カイルの意見はもっともだ。

もし鉱石を利用するなら、エナの結晶かエナの液体がないとダメなんだよなぁ。

エナの液体というのは、シエナ先生と召喚学のルーバル先生が発見し、共同研究しているものだ。

大気中にあるわずかなエナを吸収して育つ、エナ草という植物がある。

その植物の種から抽出した液体と、砕《くだ》いたエナの結晶を一緒に容器に詰めたものを『エナの液体』という。

このエナの液体はエナの結晶と同じく、鉱石を発動させる時に一緒に使うと発動時間が延びるアイテムだ。

ただ、エナの結晶とは違い、そのままの状態では使えない。

鉱石と一緒に使用するためには、容器の中に入っているエナの液体に人が触れ、その人が持つエナの属性を付与する必要がある。

エナの液体のメリットは、使用後は元の状態に戻るので、容器の中の液体が零《こぼ》れない限りは、半永久的に再利用可能だということ。

デメリットは、一度使ったら再度属性を付与しないと使えないこと。

そして、発動する鉱石と、同じ属性を付与したものにしか反応しないこと。

さらに、現段階では実験用のものしかないので、入手が困難《こんなん》だということだ。

一方エナの結晶は、エナの液体に比べると、まだ手に入りやすい。

以前もらった結晶がまだ何個か残っているし、シエナ先生にお願いしたらまた少し分けてもらえると思う。

ただ、エナの結晶は、何回か使うと壊れちゃうんだよね。

壊れてしまうと、鉱石と一緒に発動させても反応しない。

「エナの結晶は壊れてしまうので、易々《やすやす》と使えないですよね。エナの液体は再利用可能ですが、光や霧の属性をエナの液体に付与する人がいませんし」

カイルの言葉に、俺は「そうなんだよね」と頷く。

光や霧の鉱石を使いたかったら、光や霧のエナ属性を持っている人間が、液体に付与しないとダメなのだ。

光や霧の属性を持つ人って、滅多《めった》にいないみたいだしなぁ。

俺の同級生たちも、火や土や風や氷の属性の生徒が大半で、霧や光属性を持つ人はいなかった。

「一応、僕は光と霧の属性を持っているみたいだけどねぇ」

俺は頬杖をついて、ため息を吐く。

以前、召喚学の授業でエナ草を使って自分の属性を調べた時、他の子たちが二種類か三種類の属性だったところ、俺は何十種類も属性を持っていることがわかった。

まだ全部の属性を把握《はあく》しきれていないのだけど、俺のエナ草を調べているルーバル先生の話では、光と霧の属性があるのは確からしい。

「僕がエナの液体に付与できればいいのに……」

俺はクッと唇を噛んでカップを掴《つか》むと、残っていたホットミルクを一気にあおった。

少しぬるくなった牛乳を飲み干して、カップをテーブルに置く。

カイルはそれを見て、困った顔をする。

「フィル様がエナの液体に付与しようとすると、容器が耐えきれなくて爆発しますもんね」

そう。エナの液体の実験で、俺がエナの液体に属性を付与したら、内部からの圧に耐えきれなくて容器が爆発したんだよね。

「本当にあの時は肝が冷えましたよ」

当時のことを思い出したのか、カイルはげんなりした顔で言う。

「さすがに爆発するとは思わなかったもんね」

あの時、カイルがとっさの判断で、俺のエナの液体を窓の外に投げてくれたから良かったけど。

もし少しでも遅れたら、あの部屋にいた全員が大怪我をしていたことだろう。

「あのあと、耐久性のある容器ができるまで、僕はエナの液体に属性を付与しちゃいけないってことになったんだよなぁ」

ため息を吐く俺に、カイルは小さく笑った。

「仕方ないですよ。安全第一ですから。……付与しただけで爆発するくらいの規格外《きかくがい》なエナの液体なんて、むしろできなくて良かったというか」

途中からもごもご言っていたので、よく聞き取れなかった。

「え？　今、なんて？」

聞き返した俺に、カイルは慌てて首を振る。

「いえ、壊れない容器があれば良かったのに、残念ですよねって」

それを聞いた俺は、あることを思い出して「あ！」と声をあげる。

「そういえば朗報《ろうほう》が入っていたのをすっかり忘れてたよ！　耐久性の高い容器が、もうすぐできそうなんだって」

「え…………。えぇ！　本当ですか!?」

カイルは一度、ポカンとした顔で固まったあと、椅子から立ち上がって叫んだ。

「うん。耐久性のある容器の製作を、ボイド先生に依頼していたでしょ？　そのボイド先生が言ってたんだ」

加工担当教諭のボイド先生は、教師であり一流の職人でもある。

発明家の一面もあって、便利なものを作り出すことで有名だ。

ウォルガー用の鞍を作ってくれたのも、ボイド先生なんだよね。

実は、俺も前世にあったものを再現する際、時々アドバイスをもらっている。

「試作段階になったら、僕も実験のお手伝いするんだ。エナの属性を付与して、容器が爆発しないか試さないと」

ニコニコ話す俺とは対照的に、カイルは硬《かた》い表情で小さく手を挙げる。

「あの……一応確認なんですが、朗報で合ってますか？」

俺はなんでそんな確認をするのかと、キョトンとする。

「うん。朗報でしょ？　容器ができたら、シエナ先生が僕にエナの液体を進呈《しんてい》してくれるって言っていたし。エナの液体を入手できるかって問題が解決するんだよ？」

シエナ先生は俺にエナの液体を作らせて、研究しようっていう考えだと思うけど。

俺としては、のんびり学生生活に支障がなければ、少しは研究に協力してもいいと思っている。

エナの液体を調べたら、未だ判明していない自分の属性もわかるかもしれないし。

何より、発動時間が延びるアイテムを手に入れられるのは、素直に嬉しい。

「そうなったら、もっといろんなことができそうな気がする！」

そう言って、俺はぐっと拳を握る。

その姿に、コハクとランドウは【おぉぉ】と感嘆する。

【フィルさま、目がキラキラです】

【わくわくしてるっすね】

【楽しそうです】

ホタルとテンガとルリの言葉に、俺はにっこり笑った。

「だって、嬉しいんだよ。できることが広がるかもしれないんだから。ね！　カイル」

「そうですよね。でき……できることが……」

力なく言ったカイルの頭に、キミーがちょこんと乗る。

【カイル、頑張れ】

理由はわからなかったが、キミーはカイルを慰《なぐさ》めるように頭を撫でていた。

4

ただ今、一般科目である語学の授業を受けているところだ。

語学の科目担当教諭は、俺たち二年の担任であるマット・スイフ先生。

ステア王立学校中等部の授業は、一般科目と選択科目の二種類ある。

一般科目は必修で、全員が受講しなくてはならない。

だから、教室も百人入っても余裕がある、一番大きな階段教室が使われていた。

席は自由なので、俺とカイル、トーマとレイ、ライラとアリスで、中央の列のやや前側に席をとっている。

この位置が、一番黒板が見やすいんだよね。

スイフ先生の話を聞きながら板書していると、授業終了の鐘《かね》が鳴った。

「あぁ、時間だね」

そう呟き、スイフ先生は教卓の上に置いてあった教科書を閉じる。

「それでは皆、これで今日の語学の授業を終わりにします」

スイフ先生は微笑んでから教科書や教材を両腕に抱え、教室の前側にある出入口へと歩いていく。

そのまま教室から出て行くかと思われたが、扉の手前でふと足を止めた。

そして、顔だけ教室にいる俺たちに向けて、真面目な様子で言う。

「皆、あんまり遅くならないうちに寮に帰るんだよ。門限を破らないようにね」

それだけ言い残し、スイフ先生は教室を出て行った。

門限に関して注意をされたのは、初めてだな。

授業が終わった生徒たちは、大抵どこかに寄ってから寮に帰る。

クラブ活動をしたり、その予定がなければカフェに行ったり、運動場で遊んだり、図書館に行ったり等々、各自思い思いの過ごし方をする。

ステアは生徒の自主性を尊重《そんちょう》してくれるんだよね。

その代わり、ちゃんとした理由や、申請《しんせい》もなく寮の門限を破れば罰則《ばっそく》があるんだけど。

「スイフ先生が寮でのことについて言うの、珍しいね」

俺は机に広げていた教科書やノートなどを一つにまとめながら、そう言った。

スイフ先生は俺たちの担任ではあるけれど、普段寮生活に関する注意はしない。

そこに関する指導は、寮母さんや寮長の領分だからだ。

携帯用の羽根ペンをしまっていたアリスも、小首を傾げる。

「そうよね。女子寮では、寮の門限を破って何か問題になったって話は聞いていないけど……」

その言葉に続いて、寝ぼけ眼《まなこ》のレイが言う。

「男子寮でもまだないよ。多分スイフ先生が、あんな注意をしたのはさ……ふぁぁぁぁ」

言っている途中で、レイは大きな欠伸をした。

「レイ、眠そうだねぇ」

トーマが笑うと、レイは目元をこすりながら言う。

「シエナ先生のレポートが終わらなくて、寝不足気味なんだよ。それに、スイフ先生の声ってなんだか眠くなるんだよなぁ」

気持ちはわかる。スイフ先生は優しくてまろやかな声をしているもんね。

だが、その話よりも、俺は言いかけて止めたレイの話の続きが気になった。

「レイがさっき言いかけた、注意した理由だけど……」

俺が改めて聞こうと思ったその時、教室の後方から悲鳴交じりのどよめきが聞こえた。

何ごとかと俺たちがそちらを振り返ると、ビル・ノックスやヨハン・コイルを中心に男女十数人のクラスメイトたちが集まって、真剣に話をしているのが見えた。

「えぇぇ、本当に？」

「ああ、間違いない。クラブの先輩が見たって言っていたんだから」

「じゃあ、あの話は本当なんだ？」

「ひぇぇぇ。怖ぁぁ」

授業が終わってもすぐに教室を出ず、生徒たちが集まって話をしていることはよくあるが……。

先輩が見た？　あの話？　怖い？

どんな話題で、あんなに盛り上がっているんだろうか。

「なんの話をしているのかな？」

興味を示した俺に、レイが欠伸を噛み殺しながら言う。

「今話題の、ステア王立学校の怪奇話《かいきばなし》をしてるんだろ。その中に出てくるもんを実際に見たって生徒がいて、盛り上がっているみたいなんだよな」

「怪奇話？」

俺が聞き返すと、レイはコクリと頷く。

「そう。ステア王立学校にまつわる怪奇話だよ。フィルだって一つくらいは聞いたことあるだろ？　開《あ》かずの教室とか、暗くなった校舎を彷徨《さまよ》い歩く女の霊とかさ」

あぁ、怪奇話って、学校の怪談や学園七不思議みたいな話か。

学校には怖い話がつきものだもんねぇ。

前世もそうだったけど、この世界の学生もそういう話で騒ぐ感覚は同じなんだな。

皆が盛り上がっていた理由がわかって、俺は小さく笑う。

「怪奇話かぁ。詳しくはないけど、そういう話なら僕も幾つか聞いたことあるよ。旧校舎に響《ひび》き渡る笑い声とか、動く石像《せきぞう》とか、新月《しんげつ》の夜に魔犬《まけん》が現れて襲われるとか」

「そんなにいっぱい怪奇話があるのぉ？」

怯えるトーマに、レイはニヤリと笑う。

「何言ってんだよ。今、俺とフィルがあげた話だけじゃないぞ。この学校には、まだまだたくさん不可思議な怪奇話があるんだから」

「ステア王立学校は歴史が古いから。積み重ねた年数の分、いろんな話がありそうだよな」

カイルの言葉に、ライラは声のトーンを落として言う。

「そりゃあ、あるわよ。ステアは怪奇話が百個以上あるんじゃないかって話だもの。もしかしたら、この教室にだってあるかもよぉ～」

怖い話のトーンで言われ、トーマは「ひぃぃ」と声を漏らして俺にピッタリとくっつく。

「ライラったら、怖がっている人を脅かすものじゃないわ」

アリスに窘《たしな》められ、ライラはしまったという顔になる。

「そこまで怖がるとは思わなくて……。からかいすぎちゃったわ。トーマ君、ごめんね」

「トーマ、安心しろよ。少なくとも、新校舎にある教室の怪奇話は聞いたことないから」

レイはそう言ったが、それでもトーマは不安そうだった。

「この教室にはないかもしれないけど、怪奇話がたくさんあるのは本当なんだよね？　どうしよう。今日眠れるかな」

トーマは本当に怖いのが苦手なんだな。

俺は微笑んで、くっついたままのトーマの背を、ポンポンと優しく叩いた。

「そんなに怖がる必要はないと思うよ。ああいう噂って、見間違いや聞き間違い、怪奇とは別の要因が関係していることがほとんどなんだから。開かずの教室なんか、きっと建付《たてつ》けが悪いとか鍵が壊れたとか、そういう理由だよ」

グレスハートの城でも以前、女の子の幽霊《ゆうれい》が現れるなんて噂があった。

だけど、調べてみたら精霊に羽化《うか》する前のヒスイが、人に助けを求めていたのが原因だったんだよね。

『幽霊の正体見たり枯《か》れ尾花《おばな》』っていうように、恐れている気持ちがそういった勘違いを起こさせるのではないだろうか。

「実際調べてみたら、なんてことない理由だったってことになると思うよ」

俺の言葉に、カイルはコクリと頷く。

「そうですね。中には、いたずらがもとで広がった話もあるかもしれませんし」

そんな俺たちに、ライラは尋ねる。

「トーマ君が怖いの苦手なのはわかったけど。カイル君とフィル君は全然怖くないの？」

そう聞かれて、カイルは小さく肩をすくめた。

「俺は怖いと思ったことはない。皆は暗闇の中に、得体のしれない恐怖を感じることが多いだろう？　闇妖精に好かれている俺にとって、暗闇はむしろ安心する場所なんだ。それに、実際に幽霊を見たことがないから、存在を信じていないしな」

カイルに続いて、俺も微笑みを浮かべて答える。

「僕も実際に見たことないからなぁ。怖くはないかも」

俺たちの答えに、トーマが信じられないというように顔を歪《ゆが》める。

「えぇぇ、二人とも幽霊が怖くないのぉ？」

「魂《たましい》とか不思議な出来事とかは信じてるけどね」

何せ自分自身が異世界に転生しちゃっている身だからなぁ。

魂の存在や不思議なことは、否定しきれないんだよね。

「もしいるなら、幽霊に会ってはみたい気がするけど」

そう言うと、トーマはぎょっとした顔をする。

「幽霊に!?　なんで!?」

「その場に留《とど》まる理由があるはずだから、その心残りは何だろうって思って」

レイは呆気にとられたように言う。

「まさか、心残りを聞いて、助けてあげたいなんて言うんじゃないだろうな。幽霊を助けるために、怪奇巡りに行きたいなんて言っても、俺は付き合いたくないぞ」

「そこまでは思ってないけど……って、怪奇巡りって何？」

初めて聞く言葉に、俺が聞き返す。

レイは教室後方のビルたちをチラッと見て、声を少し落として言う。

「ほら、ああやって盛り上がってるだろ？　放課後に集まって、怪奇話のある場所に行く生徒たちがいるんだよ。それが怪奇巡り」

あ〜、つまり肝試しみたいなものか。

俺が納得していると、トーマがしがみついてくる。

「か、怪奇巡り⁉　なんでそんなことするのぉ」

「そりゃあ、度胸《どきょう》試しとかじゃない？」

ライラは頬杖をついて、小さく笑う。

アリスは「あ、わかった」と言って、パチンと手を打った。

「もしかして、さっきスイフ先生が早く帰るよう促したのは、怪奇巡りをする生徒たちが増えているから？」

レイは大正解というように、コックリと頷く。

「そう。俺がさっき言いかけていた内容がそれだよ。放課後残る生徒が増えているから、先生方も気をつけてるみたいなんだ。まぁ、スイフ先生の言葉を受けて、ビルたちは余計に加熱しているようだけどね」

レイの言葉につられ、俺たちはもう一度教室の後方を見る。

そこではビルたちが、まだ怪奇話で盛り上がっていた。

「あの様子じゃ、ビルたちは怪奇巡りに行くかもしれないなぁ」

俺の呟きに、トーマは訝しげに俺を見つめる。

「フィルもその怪奇巡りに参加するとか言わないよね？」

俺は安心させるように、もう一度トーマの背をポンポンと叩く。

「大丈夫。参加しないって」

そう言って、優しく微笑んだ。


そんな怪奇話の話をした日の放課後。

俺とレイとカイルは、コクヨウと一緒に、中等部の旧校舎へと向かっていた。

夏が近いからまだ空は明るいが、時間としては夕方に差し掛かるあたり。

寮へと帰る生徒たちが、俺たちとすれ違うたび、少し不思議そうな顔をしている。

こんな時間に、校舎に向かう生徒はいないもんね。

「まさかレイに付き合って、夕方の学校に行くことになるとはな」

カイルはそう言って、チラッとレイを見る。

「僕が怪奇巡りしたいって言っても、ついて行かないって言っていたのにね」

俺がくすくす笑うと、レイは両手で頭を抱える。

「あぁぁ、なんでよりにもよって鉱石学のレポートを置いてきちゃったんだぁ」

一度寮に帰った俺たちがなぜ学校に向かっているかというと、レイが旧校舎に忘れ物をしたからだった。

旧校舎の中に使われていない教務担当室があるのだが、俺たちは内緒でその部屋を空き時間や昼休憩などに利用している。

受講する授業が一限と三限だと、二限目がまるまる空いてしまうから、そういった時に時間を潰《つぶ》す場所として使うのがちょうどいいんだよね。

お昼寝したり、遊んだり、お喋りしたりもするし、真面目に宿題や予習復習をする場所としても使っている。

今日も皆で、明日提出予定の鉱石学のレポートを書いていた。

そのレポートを、レイが忘れてきてしまったらしい。しかも、まだ書いている途中の。

持って帰って、今夜仕上げる予定だったみたいなんだよね。

鉱石学は三限目なので、朝早く行ってレポートを仕上げればどうかと提案したのだが、そんな短時間では仕上げきれないという言葉が返ってきてしまった。

今回のレポート、めちゃくちゃ頑張っていたみたいだしなぁ。

レイは適当そうに見えて、意外に手を抜かないタイプなんだよね。

いや、そもそもシエナ先生のレポートじゃ手は抜けないか。

鉱石学のシエナ先生は、厳しいことで有名である。

最新の鉱石学研究を取り入れた授業をしてくれるから面白いんだけど、その反面レポートの数が多くてキツイのだ。

そして、レポートで及第点がもらえないと、単位にかなり響く。

一年の時、俺たちは全員単位をもらえたけど、歴代の先輩方の中には単位を落とした生徒がかなりいたとか。

そのせいで、シエナ先生の授業を選択する生徒は少ないらしい。

一年間で取らなきゃいけない単位数も決まっているから、足りないと進級にも関わってくるもんなぁ。

選択科目は一学年上がるごとに選択し直すのだが、今年も去年の時と同様に、俺たち六人以外の受講生は誰もいなかった。

俺は鉱石学が好きだから、もう少し受講仲間が増えてくれたら嬉しかったんだけどね。

まぁ授業が厳しくて、レポート提出も多くて、単位がもらえない可能性が高い授業となれば、受講希望者が増えないのも頷ける話ではある。

余談ではあるが、人気の選択授業は、召喚学のルーバル先生の授業と、調理のゲッテンバー先生の授業である。

動物とお菓子は、さすがに人気だよね。

レイはガックリと肩を落とし、ため息を吐く。

「フィルたちに付き合ってもらうのも悪いから、一人で行こうと思ったのにさぁ。寮長がダメだって言うんだもんな」

当初、レイは一人で行こうと思っていたのだ。

そして、忘れ物に気づいた時間が少し遅かったため、門限を過ぎるかもって寮長に言いに行った。

すると、『クライスが一人で行くのはダメだ。行くならテイラとグラバーと一緒に行け』って言われちゃったんだよね。

「絶対に俺のお目付《めつけ》役として、二人を選んだんだと思う」

レイは眉を寄せて、口を尖らせる。

「そうかなぁ。暗くなったら、一人だと危ないからじゃない？」

俺がフォローするも、レイは首を横に振った。

「いいや。俺が調子にのって、忘れ物を取りに行ったついでに、怪奇巡りに来た生徒を驚かすと思ってんだよ」

頬を膨《ふく》らませるレイに、俺が何と言っていいものか迷っていると、カイルがキッパリした口調で言う。

「レイは寮長に目をつけられているから、それは当然だろう。レイのやらかしで、一番被害を被《こうむ》ってるのは寮長だからな。寮長のレイに対する信用は、ないと思う」

……俺が言いにくいと思っていたことを、はっきり言った。

まぁねぇ。お風呂場でリサイタルしたり、湯舟《ゆぶね》をアヒルちゃんだらけにしたり、レイ発案のやらかし現場には高確率で寮長がいるもんね。

レイとしてはまったく悪気《わるぎ》がなく、皆に楽しんでもらうためにやったことなんだけど。

悪いと思っていないからこそ、似たような騒ぎをよく繰り返してしまうのだ。

それが、寮長の悩みの種になっている。

「だけど新学期になってから、問題起こしてないんだぜ」

レイは不満げに、俺たちに訴える。

確かにレイの言うように、新学期が始まってからの数か月、珍しく何も騒ぎを起こしていない。

俺たちがレイのお父さんに学校生活のことをばらしたからか、一応気をつけているみたいなのだ。

「そんなにすぐには信頼してもらえないだろ」

苦笑するカイルに、レイは拗ねた顔で言う。

「いいよな。フィルとカイルは寮長の信頼が厚くてさ」

「厚すぎるのも困るよ。未だに次期の寮長と副寮長になるよう勧めてくるもん」

俺がげんなりとした口調で言うと、レイは「あぁ」と同情めいた声を漏らした。

「まだ言われんだ？　それは嫌だよなぁ。俺もそういうの勘弁だな。寮長になったら、自らルールを守らなきゃいけないだろ？　大変そうじゃん」

そう言ってからレイは、ふと何かを思いついた顔をする。

「いや、俺が寮長になって、今ある厳しいルールをなくしたらいいのか？」

とんでもないことを言い出した。

カイルがレイの背中をペシッと叩く。

「無法地帯《むほうちたい》になるからやめろ」

その言葉に、俺もコクコクと頷く。

「そもそも、前任の寮長の承認も必要だから無理だよ」

ジャイロ寮長は、レイが寮長になることを、天地がひっくり返っても認めないだろう。

「いい案だと思ったんだけどなぁ」

ブツブツ言うレイに、俺とカイルはため息を吐く。

こういうところが、寮長の頭痛の種なんだろうなぁ。


しばらく歩いていくと、学校の校舎が見えてきた。

まだ校舎の鍵を締める時間ではないので、残っている生徒もいるだろうが、やはり昼の時と比べると静かだ。

校舎横を抜けて、奥にある旧校舎に向かう。

旧校舎に人の気配がないのはいつものことだが、日が傾き始めた時に古い建物を見ると、結構迫力を感じる。

校舎の壁に蔦《つた》が這《は》っているところがカッコイイと思っていたけど、薄暗いとちょっと不気味《ぶきみ》に見えてしまうから不思議だ。

隣にいたレイが、旧校舎を見上げて、ゴクリと喉を鳴らした。

「トーマを連れてこなくて正解だったな」

皆で行くって言った時に、トーマを誘おうかって話にもなったのだが、三人全員で『やめとこう』と決めたのだ。

この校舎を見た時点で、トーマはすでに泣いていたかもしれない。

特に、昼に怪奇話を聞いたばかりだもんなぁ。

「この旧校舎にまつわる怪奇話もあったよね？」

「はい。誰もいない旧校舎に、小さな女の子の笑い声が響き渡るそうです。昔、不慮《ふりょ》の事故で亡くなった女子生徒が、自分が死んだこともわからずに、楽しかった学校に未だ通い続けているのだとか……」

「あぁ、そうそう。そんな話」

俺とカイルが話していると、レイがブルッと身震いする。

「今、怪奇話するなよ」

睨むレイに、カイルは首を傾げる。

「あれ？　レイは怖くないんじゃないのか？」

「トーマよりは平気だよ。だけど、この雰囲気の中で平然と怪奇話を聞けるほど、心臓強くねぇって」

それは言えている。ただでさえ雰囲気あるもんね。

「大丈夫。頼りになる護衛としてコクヨウを連れてきたから、怖くないよ」

俺はそう言って、コクヨウを抱き上げる。

寝ていたところを連れてきたからか、さっきから無言だけど。

それでもコクヨウは天下のディアロスで、俺の最強の護衛だもんね。

俺がコクヨウに向かってニコッと笑うと、フンと鼻息で返された。

【この小僧も含めて護衛をするなら、多めにプリンを要求するぞ】

しっかり対価を要求してくるなぁ。

「わかったよ。ちゃんと、多めにあげるから」

俺がこそっとそう言うと、コクヨウは満足げに尻尾を振り、レイに向かって「ガウ」と吠《ほ》えた。

【仕方がないから、フィルのついでに守ってやる！】

カイルは「おぉ」と感嘆の声を漏らす。

「良かったな、レイ。コクヨウさんが護衛してくれるって。コクヨウさんだったら、きっと幽霊を退《しりぞ》けてくれるぞ」

そんなカイルの言葉を冗談と捉えたのか、レイはコクヨウを見つめてため息を吐いた。

「強そうな護衛で心強いよ」

【そうと決まったなら、さっさと忘れ物とやらを取りに行くぞ。早く帰って、プリンを食べねば。ぐずぐずするな！　日が暮れるぞ！】

コクヨウが俺をそう急《せ》かす。

ご褒美《ほうび》があるとわかったら、突然張り切り出したな。

でも、コクヨウの言う通り、のんびりしていたら遅くなっちゃうよね。

「護衛も張り切っているみたいだし、早くレポート取りに行こうか」

そう言って、俺たちは旧校舎の教務室へと向かったのだった。

教務室の扉はひどく古びていて、使われているのか怪しいほど埃《ほこり》がついている。

だが、これは一種のカモフラージュだ。鍵を開けて中に入ると、景色は一変する。

中にはラグが敷かれ、ソファやテーブルなどの家具が置いてある。

居心地の良いあたたかな空間作りは、寮の裏にある小屋の内装とも通じるところだが、向こうが『家』だとすると、こちらは『秘密基地』のようなイメージだ。

遊ぶためのゲーム類や好きな雑貨、そして動物の角や鉱石や古い置物などの冒険心くすぐるオブジェがたくさん飾ってあるのだ。

多少雑然とした印象もあるが、それがより秘密基地っぽさを演出している。

俺はテーブルの上やソファを一瞥《いちべつ》し、レイに尋ねる。

「レポートはどこに置いたの？」

レイは俺と同様にソファとテーブルを見て、それから部屋の中を見回す。

「ソファかテーブルに置いたと思うんだけど、違ったかなぁ」

確かに、一緒にレポートをやっていた時は、レイは俺と並んでテーブルとソファを使っていたように記憶している。しかし、それらしきものは見当たらない。

「この部屋で間違いはないんだよな？」

再確認するカイルに、レイは不安げに頷く。

「今日は語学の授業が終わって、どこにも寄らずに寮に帰ったから、ここしかないと思う」

そう。空き時間に皆でレポートを書いて、それから語学の授業を受講し、今日は真っ直ぐ寮に帰った。

小さいものならいざ知らず、帰る途中の道で落として気がつかないということはないだろうしなぁ。

紙の束を落としたら、レイや一緒に行動している俺たちの誰かしらは気づくはずだもんね。

とりあえず、部屋の中をよく調べてみるしかない。

とはいえ、調べるにはちょっと部屋の明るさが足りないかな。

俺は部屋の中をゆっくり見回す。

奥の窓から、夕焼けのオレンジ色の光が差し込んでいた。

普通に過ごすには充分だが、ものを探すのには少し薄暗い気がする。

「コハク」

俺が名前を呼んで召喚すると、空間が歪んでコハクが現れた。

手のひらに着地したコハクに、俺は微笑む。

「部屋を明るくしてくれる？」

【りょーかいっ！】

コハクはやる気満々でフンスと鼻息を吐き、身体を発光させる。

部屋の中のオレンジ色の太陽光に、コハクの黄色い光が重なった。

だいぶ明るくなって、視界がスッキリした気がする。

俺たちは手分けして、床に飾っていたオブジェや、校内新聞の束などをどかしつつ捜索する。

すると、ソファ近辺を探っていたレイが、喜びの声をあげた。

「あったー!!　良かったぁ！　ソファの脇《わき》に落っこちてた！」

そう言って、紐でくくられた紙の束を掲げる。

「すぐ見つかって良かったねぇ」

俺がホッと息を吐いた時だった。

カイルがふいに耳に手を添えて、耳をそばだてる。

「何か、音が聞こえませんか？」

「えぇぇ、やめろよ。そういう冗談を言って脅かすの」

身を縮めるレイに、カイルは部屋の中を見回しながら言う。

「いや、冗談じゃなく。カタカタと……さっきまでしなかった音が聞こえている」

カイルに言われて、俺も耳を澄《す》ませると、確かに部屋のどこかから、カタンカタンとか、カタカタみたいな音が聞こえる。

「窓の建付けが悪いから、きっとその音だろ。ほ、ほら、風が強い時とか、窓枠がガタガタッていうじゃん」

レイの言うように、この建物は古いので、風が吹くと窓枠が揺れて音が出ることがある。

ただ、今聞こえている音は、その音とは違う気がするんだよな。

音の出処《でどころ》を探っていたその時、カタカタという音ともに、笑い声が部屋の中に響いた。

『あははは、うふふふ』

女の子の声のトーンだが、少しくぐもった不思議な響きのある声だ。

「誰かいるのかっ！」

カイルが身構えつつ問いかける。しかし、声の主は笑うだけで、それに応えなかった。

俺はここに来る前に話していた、怪奇話を思い出す。

「もしかして……旧校舎に響く……女の子の声？」

俺が呟くと、レイが俺にしがみつく。

「あれって本当だったのか!?」

「それは調べてみないとわからないよ。だから、レイは一回離れて。これじゃあ動けないよ」

突然の事態に怖くなるのはわかるが、ガッチリとホールドされては、いざという時に身動きが取れない。

俺がレイを引きはがしていると、コクヨウがソファを見つめて言う。

【音は窓際にあるソファの下から聞こえるな】

「え？　ソファの下？」

俺は何とかレイの拘束から抜け出し、カイルと一緒にソファの下を覗き込む。

ん〜、暗くて奥までは見えないな。

カタンカタンという音と笑い声、何かが動いている気配はするんだけど……。

「奥に小さい人型の何かが動いているのが見えます」

蝙蝠《こうもり》の獣人であるカイルは夜目《よめ》がきくので、そこに何かがあるのが見えるらしい。

後ろにいたレイが、俺の隣に並んで覗き込む。

「え？　人型？　それ、間違いないのか？」

「僕はまだ確認できてないんだ。奥まで光が届けば、見えると思うんだけど……」

俺はコハクの光が届くように、コハクが乗った手のひらを、ソファの下に差し込む。

すると、突然コハクがぴょんっと、俺の手のひらから床に飛び降りた。

思ってもみなかったその行動に、俺は目をパチクリとさせる。

「コハク？　そのまま手に乗っていていいんだよ？」

困惑する俺に、コハクはまるで『行ってまいります！』的な顔で片羽をビシッと挙げる。

それから、くるりと踵《きびす》を返し、身体を光らせたままソファの下を、奥に向かってシュタタタッと駆けていった。

「な⁉　いやいやいや、コハク、ちょっと待って！　コハクが確認しに行かなくていいんだってぇ！」

奥のほうが見えて確認できれば良かっただけなのに、なんで自ら確認に行っちゃうわけ？

声や音の正体が何かわかっていないのに、なんて怖いもの知らずなんだ。

身体はちっちゃいのに、度胸がありすぎる！

しかし、走って行ったコハクの光で、だんだんと奥のほうが見えるようになった。

「あ！　何か見え……うわっ！」

思わず声をあげる。

カイルが言っていたように、そこには小さい人型の何かが立っていた。

縦の長さは十五センチほどだろうか、茶色い体で、頭からは長い毛が生えていた。

それは壁際に積まれた荷物に挟まった状態で、笑い声をあげながらカタンカタンとぎこちなく動いている。時々カタカタと音を立てているのは、頭が小刻みに揺れる時の音だったようだ。

「な、何あれ……」

不気味だ。なんであんなものが、この部屋に……。

コハクはその人型の前まで近寄ると、ピッと翼でそれを指した。

【見っけ！】

そう言って、俺に向かって得意げにフンスと鼻息を吐く。

コハクのおかげでそれが見えたのだから、それは大いに褒めるべきところだ。

だけど、見つけたものが正体不明すぎるんだよぉっ！

「う……うん！　うん、うん！　コハク、すご～いっ！　偉いねっ！　カッコイイッ！　撫でてあげるから、こっちに戻っておいでぇ！」

俺はテンション高めに呼びかけつつ、バッと手を伸ばす。

コハクは満足げにコックリ頷くと、俺の手の中に戻ってきた。

「よし！　コハク捕獲！」

俺はコハクを両手で包み込んで、ほぅっと息を吐く。

手の中のコハクを見下ろすと、いつ撫でてくれるんだろうと期待に満ちた眼差《まなざ》しを向けられた。

俺は危ないことしちゃダメだよという言葉を、きゅっと唇を噛んで呑み込む。

……こんな目で見上げられたら、怒れないって。

仕方ない。寮に帰った時に、何が危ないのかしっかりお話ししよう。

指でコハクの頭を撫でながら、心に決める。

当のコハクは、撫でられて嬉しそうに「ピヨ」と鳴く。

困った子だが、可愛らしくて癒される。

そんな俺の耳に、笑い声が聞こえた。

そうだ。癒されている場合ではなかった。こうしている今も、笑い声が響いている。

どう対応したらいいんだろう。動いているってことは、意志を持った何かなのか？

もし仮に少女の霊が取り憑《つ》いたものなら、お祓《はら》いをしたほうがいいんだろうけど……。

そのためには、まずあの人型の何かを捕まえないといけないよね？　触ってもいいものなの？

俺が悩んでいると、ソファを覗き込んでいたカイルが、「あれ？」と呟いた。

カイルはソファを押して動かし、露わになった人型をむんずと掴んだ。

その行動に、コハクを撫でていた俺はぎょっとする。

「カ、カイル、いきなり掴んで大丈夫なの⁉」

俺の問いかけに、カイルはフッと笑った。

「大丈夫ですよ。多分これは、カルロスが作った土人形です」

「カルロスの……土人形？」

カルロスとは、ステア王立学校高等部にいるマクベアー先輩の召喚獣の名前だ。

三日月熊《みかづきぐま》という種類の熊で、土属性の能力を持っている。

得意としているのは、砂や土を使った造形物作りだ。

拳《こぶし》の周りを砂で覆って岩みたいなグローブを作ったり、頑丈な砂壁を作ったりなんてことができる。

カルロスの能力が変わっているのは、作った造形物に条件をつけられることなんだよね。

たとえば普段は硬いけど、生き物に触れた時は砂に戻るという条件をつけた鍛錬用の剣だったり、叩いて衝撃を与えると動くという条件をつけた土人形だったり。

カイルが言っているのは、その衝撃で動く土人形のことだろう。

冬休みの前に、マクベアー先輩やハリス先輩、ディーンたちの召喚獣を集めて、能力の特訓をしたことがあった。その時に、カルロスがたくさん土人形を作る訓練をしていたのだ。

だけど、その時作ったものは、全部壊したはずじゃなかったっけ？

壊してしまったのには、理由がある。

カルロスが作った土人形に、レイが女の子の絵を描いてしまったのだ。

レイはもともと絵が得意ではないのだが、特に女の子の絵は怖くて不気味な仕上がりになるんだよねぇ。

動く土人形というだけなら壊すまでもなかったかもしれないが、その動く土人形に不気味な顔がついていたら話は違う。

あの時は、本当に大変だったなぁ。

ハリス先輩は『呪いの人形だ』ってビビるし、トーマとシリルは涙目で怖がるし、レイの召喚獣でスナザルのロイは怯えて岩の隙間から出てこなくなるし。

そりゃあ、そうだよねぇ。不気味な顔をした大量の土人形が、カタカタぎこちなく動くんだから。

怖いに決まっている。

事情を知らなきゃ、俺だって呪物《じゅぶつ》か何かかと思っていただろう。

しかも、レイはその土人形を、好きな女の子たちに配ろうとしていたらしいんだよね。

実行されたら、おそらく学校中パニックになっていたに違いない。

それは困るということで、レイを説得して土人形を全て壊すことにしたのだった。

「カルロスの土人形って、あの特訓の時の？　だけど、全部壊したはずだよね？　まだ残っていたってこと？」

俺が困惑しながら聞くと、カイルは手の中で動く土人形を見て眉を顰める。

「別の土人形だと思います。見た目が明らかに違いますし、あの土人形は動くだけで笑わなかったじゃないですか」

あ～、確かにそうだ。あの時の土人形は、動くだけだった。しかも、ちょっとだけ。

カルロスの能力の訓練途中に作ったものだったから、まだほんのちょっとしか動かなかったんだよね。

でもこの土人形は、ぎこちないものの歩行するような動きをしていた。

それに、カイルが言うように、見た目が前とは違う。

顔が不気味なのは同じだが、以前作ったものは土のみで作られていた。

だが、この土人形は、頭部に毛糸が埋め込まれて、髪の毛のようなものが作られている。

その毛が乱れに乱れまくっているから、余計にホラーみが増しているんだけどさ。

とにかく、この土人形は、いろんな意味でバージョンアップされているようだった。

「つまり、これは新しく作ったもの？」

俺が首を傾げると、カイルは頷く。

「そうだと思います」

この土人形の土台を作ったのは、おそらくカルロス。そして、土人形にこんな不気味な絵を施《ほどこ》せるのは、レイだけだ。

しかもこの教務室は今、俺たちが秘密基地として使っている。

鍵があるから他の生徒は入れないし、先生たちがここに気づいた形跡もない。

となると、この土人形を部屋に持ち込んだ人物は一人しか考えられなかった。

「レイ、これはいったいどういうことかなぁ？」

俺はいつの間にか壁際に移動していたレイに向かって、コハクの光を当てる。

光を当てられたレイは、『見つかった』って感じの顔をする。

カイルはレイに歩み寄り、土人形をレイの頬にむぎゅっと押しつけた。

「新しく土人形を作ったのか？　ん？　どうなんだ、レイ」

頬に押しつけられた衝撃で、土人形が『あははは、うふふふ』と笑いながらレイの頬をぺちぺちと叩く。

すぐ後ろが壁なので、レイはその攻撃を避けることができなかった。

「話ふゅ。話ひゅからこれろけてぇ」

その懇願《こんがん》にカイルはため息を吐いて、レイの頬に土人形を当てるのをやめる。

安堵して頬をさするレイに、カイルが尋ねる。

「これは、カルロスが作ったもので合っているか？」

レイはコクリと頷いた。

「うん。少し前に、マクベアー先輩とカルロスが、能力の訓練をしているのを見つけたんだ。カルロスの能力が強くなって、できることが増えたって言うからさ。マクベアー先輩とカルロスに頼み込んで、特別に作ってもらったんだ」

やはり、カルロスが作ったものか。

俺は小さく眉を寄せる。

「前に作った時、たくさんの女の子にプレゼントを配ったら、その女の子たちは悲しむかもって僕たち話したよね？」

土人形を壊そうという話になった時、レイが渋ったので『もし、レイから自分に特別なプレゼントをもらったと思っていた子が、他の女の子たちにも配っていると知ったら、とても悲しい気分になるんじゃないか』というような言い方で説得したのだ。

俺たちにとっては呪いの土人形でも、本人にしてみたら可愛い土人形をプレゼントしようっていう純粋《じゅんすい》な気持ちから絵を描いたわけだもんね。

レイも納得してくれたと思っていたのに……。

「誰かにプレゼントするために新しく作ったの？　もしかして、また大量に配るつもりじゃないよね？」

俺の質問に、レイは首を横に振る。

「これ一つしかないよ。いつかはプレゼント用にできたらって思っているけど、まずは試しに自分用に作って、フィルたちに判断してもらおうかなって考えてさ。マクベアー先輩にも、フィルたちが許可を出さないうちは、誰にもあげちゃいけないって言われてるし」

一応、マクベアー先輩に釘《くぎ》は刺されているわけか。

「僕たちに何を判断してもらうつもりだったの？」

俺が聞くと、レイはカイルの手から土人形を受け取ってニコッと笑う。

「この土人形の可愛さを、なかなかわかってくれなかっただろ？　だから、髪の毛があったり、お喋りしたりしたらどうかなって思って。まぁ、さすがに喋らせるのは無理だったから、笑うくらいしかできないんだけど」

レイが人形の頭を撫でると、その反動で人形は再び『あははは、うふふふ』と笑いながらカタカタ動き出した。

「……むしろ、怖さが倍増してるよ」

俺はそう呟き、カイルは眉を顰めて言う。

「絶対にトーマに見せるなよ。トーマが夜寝られなくなるぞ」

それを聞いて、レイは悲しそうな顔をする。

「これでもダメなのか？」

ダメに決まっている。

大量にないだけまだマシだが、数が一つなら大丈夫というものではない。

笑って動く土人形は、一つでも充分威力があるのだから。

「この土人形を、この部屋に持ってきたのっていつだ？」

カイルに聞かれ、レイは視線を斜め上に向けつつ唸る。

「ん～と、長期休みが終わって少し経ってからかな？　ここに持ってきてすぐフィルたちに聞こうと思ったんだけど、長期休みの宿題の提出でいろいろバタバタしていたから、すっかり土人形のこと忘れちゃって……へへへ」

レイはそう言って、ヘラッと笑う。

すっかり忘れていたっていうのは、本当だろうな。

ここで女の子の笑い声が聞こえた時、レイは怯えていた。あれが演技だとは思えない。

すっかり忘れていたからこそ、笑い声の原因が土人形だということにも気づかなかったんだろう。

「もしかして旧校舎の女の子の笑い声っていう怪奇話は、最近できた怪奇話？」

俺が聞くと、レイは首を横に振る。

「いや、旧校舎に幽霊がいるって怪奇話は昔から……」

そこまで言って、突然ハッと息を呑む。

「でも、女の子の笑い声っていう断定的な話になったのは、最近だったかも。ま、まさか……」

レイは恐々《こわごわ》と、手に持っている土人形を見下ろす。

「多分、その土人形が原因だよ」

俺の推測に、レイはしょんぼりとする。

「別に騒ぎを起こそうと思ったわけじゃないの……に……」

そこでレイは、ふと言葉を止めた。

どうしたのかと思っていると、レイは動揺した様子で手の中の土人形を凝視する。

「お……俺、今……怖いことに気がついちゃったんだけど」

神妙《しんみょう》な面持《おもも》ちで言われ、俺は首を傾げる。

「怖いこと？」

レイは油の切れたロボットみたいな動きで、ソファにそぉっと土人形を置く。

「俺、今の今まで、この土人形のことを忘れていたって言っただろ？　それなら……それならさぁ。

怪奇話の原因がこの土人形なら、誰も触ってない土人形が、ど、どど、どうやって笑い声を出したんだ？　衝撃が加わらないと、う、動かないはずなのに……」

レイの言葉を聞いて、俺とカイルは考え込む。

そういえば、そうだ。

先ほどから見ている限り、土人形が動く条件は以前と同じ。衝撃を受けて動くというものだ。

しかも、時間差ではなく、すぐに動き出す仕組みになっている。

「さっき動いたのは、レイが土人形がいたあたりを探していたから、それで衝撃が加わった可能性が高いけど……。ただ、怪奇話の噂の元になるには、少なくとも何度か動いているはずだよね」

俺の言葉を聞いて、カイルは腕組みして唸る。

「トーマたちに確認しないことにはわかりませんが、おそらく俺たちと同様に存在を知らないと思います。もし土人形に気づいていたら、俺たちに知らせてくれるはずですから。ですので、トーマたちが触ることはないかと」

そうだよね。アリスならすぐに皆に教えてくれると思うし、ライラならこの部屋で怪しいものを発見したらまずレイを問い詰めるだろう。そして、トーマだったら見つけた時点で大騒ぎするか、卒倒《そっとう》しているに違いない。

「同じ理由で、部屋に誰かがいた時に、土人形が動いたって可能性もないよね。さっきみたいに何かのきっかけで土人形が動き出したとしたら、笑い声や動く音で誰かしら気がつくはずだもん」

部屋の外にも漏れるくらい、笑い声ははっきり聞こえる。

そんな声がしたら、気づかないはずがない。

「となると、や、やっぱり、誰もいない時に、土人形が何度も動いたってことか？」

言葉にしたことで余計に怖くなったのか、レイは顔を引きつらせる。

「レイは本当に触っていないんだよな？」

訝しげなカイルの視線に、レイは慌てる。

「触ってないから怖くなってるんだろ！」

レイのこの表情を見るに、嘘を言っているようには思えない。

「じゃあ、僕たちがいない部屋で、何が土人形に衝撃を与えていたんだろう」

首を傾げる俺に、レイは青い顔をして言う。

「もしくは、怪奇話は本当だったのかもっ！」

怯えた様子で、レイはゴクリと喉を鳴らす。

すると、そんなレイの顔に、何か小さいものが飛んできてぺちっと当たった。

「うわぁぁぁっ！　何、今の何っ⁉」

すでに狼狽《うろた》えていたレイは、パニックになってカイルの後ろに隠れる。

そこへ、さらにまた小さい何かが飛んできた。結構な速さだったが、カイルは難なく手で受け止める。

「木の実？　それも、これは……」

カイルの呟きに、俺とレイが覗き込む。

カイルの手のひらには、木の実が載っていた。

しかも、ただの木の実ではなくて、小枝が四方にくっつけられている木の実だ。

「これって……レイが一年の時に作った、加工の宿題で提出したやつじゃない？」

俺が言うと、レイが「本当だ」と目を瞬かせる。

加工の授業は、実用的なものからオブジェまでいろいろなものを作る。

一年の時に『植物を素材とした作品』という宿題が出たことがある。

俺とカイルは、素材に蔦を使った小箱を作ったんだよね。

採点されて戻ってきたその小箱は、寮の部屋に置いてある。

そして、レイが提出したのは、木の実に小枝の手足をつけた『木の実人間』だった。

十五体で一組の置物で、レイ曰く「木の実に手足があったら面白そうだったから」という発想らしい。

木の実には顔が描いてなかったので、土人形のように怖くはなかったし、小枝の手足が不揃いで体のバランスが悪く、今にも倒れそうなところが少し健気《けなげ》で可愛かった。

加工のボイド先生も『立ち塞《ふさ》がる多くの困難に負けそうになりながら、それでも崩れず立っている。この小さな木の実人間は、強い哀愁《あいしゅう》を感じさせます！』と絶賛《ぜっさん》していた。

珍しく高評価をもらった作品だったので、レイがこの部屋に飾っていたのだ。

「本棚に飾ってたやつだよね？」

俺が聞くと、レイは首を横に振って窓辺を指さす。

「いや、冬休み明けにこの部屋を掃除《そうじ》しただろ。その時に、よく見える窓辺に置き直したんだ。……って、置いてあった木の実人間が、もう二体しかないっ！」

レイに言われて窓枠の縁を見ると、木の実人間が二体転がっていた。

その二体も、手足の小枝が取れ、見るも無残な姿になっている。

そして、その窓の下では、コクヨウが座って欠伸をしていた。

「もしかして、コクヨウが木の実人間で遊んでいてどっかやっちゃったのか？　その拍子に、こっちに飛ばしてきたのか？」

疑わしげなレイの視線に、コクヨウは呆れ口調で言う。

【我がそんな奇妙なもので遊ぶか。足元にあって邪魔だったから、足で払っただけだ】

フンと鼻息を吐くコクヨウを見て、レイは俺の服の袖を引く。

「なぁ！　なんか馬鹿にされた感じがする！　フィル、コクヨウは何て言ってるんだ⁉」

レイは動物の言葉がわからないにもかかわらず、こういう時だけ敏感に感じ取る。

「えっと……足元にあったのを足で払ったら、こっちに飛んできたみたい」

俺の説明に、レイは眉を寄せる。

「足元に？　……あぁ！　本当だ。いっぱい転がってるっ！」

レイは窓の付近に落ちている木の実人間を拾う。

【土人形を動かしたのは、おそらくそれが原因だろう】

コクヨウがクイッと顎で示したその時、風が吹いて窓が振動した。

その振動が伝わったのか、窓の縁に転がっていた木の実人間がころころと転がり、拾っているレイの頭に直撃する。

「痛っ！　何だ？」

頭をさするレイを見て、俺とカイルはハッと息を呑む。

「そっか、風で木の実人間が落ちて、ソファと壁との隙間を通って土人形に当たる。それが衝撃を与えたわけか！」

俺が言うと、カイルは納得した顔で頷く。

「窓辺は風の影響を受けますもんね」

風が強い日は窓が振動するし、隙間風が吹くこともある。

窓際に飾れば、それらのせいで落下するのはあり得ることだ。

それにしても、俺たちが部屋にいる時にこの現象が起きなかったのは、ラッキーだったのか、アンラッキーだったのか……。

「へぇ～。じゃあ、奇跡的な偶然が重なって、怪奇話のような現象が起こったってことかぁ」

レイは感心した口調で、そう言った。

そして、集めた木の実人間たちを本棚のほうに並べなおす。

理由がわかったことで怖くなくなったのか。のん気なものだ。

「つまりは、怖い話でもなんでもなく、全てレイがきっかけで起きたってことか」

カイルは呆れ返り、俺は苦笑する。

「風で木の実人間が落ちて土人形が動いたのは偶然だけど、土人形も木の実人間も、両方レイが置いたものだからねぇ」

「お、お騒がせしました」

レイは頭を掻きながら、てへっと笑う。

「怪奇話の原因を、皆に明かすべきじゃないか？」

そう言ってカイルが息を吐くと、レイは情けない顔で言う。

「えぇぇ、俺が原因だって知られたら、また寮長からの信頼がなくなるぅ」

「もともとないんだから、今更だろ」

容赦《ようしゃ》ないカイルの一言に、レイは「ひでぇ」と拗ねて口を尖らせる。

そんなやり取りに俺が小さく笑っていると、コクヨウがタンタンと足を鳴らした。

【とにかく解決したんだから、さっさと寮に帰るぞ】

急かされて、俺は窓の外に視線を向けた。

来た時より日も落ち、だいぶ薄暗くなっていた。

コクヨウの言うように、もう帰ったほうがいいな。

「そろそろ寮に帰ろうか」

俺がそう言うと、レイとカイルが頷く。

そうして、俺たちは教務室をあとにしたのだった。

5

教務室を出た俺たちは、旧校舎と新校舎をつなぐ渡り廊下に向かっていた。

先ほどは中庭側にある旧校舎の出入口から校舎に入ったが、時間的にそちらはもう閉められているはずだ。

今の時間に旧校舎から出るには、渡り廊下を通って新校舎に出て、そちらの出入口を使うしかない。

本当は旧校舎の玄関のほうが近道だし、教務室をこっそり使っている身としては、人目につかないほうがいいいんだけどね。

まぁ、この時間なら校舎に残っている生徒も少ないだろう。

そんなことを考えながら薄暗い廊下を歩いていると、隣でレイが深いため息を吐いた。

「あ～、土人形のこと話したら、怒られるかなぁ」

当然のことながら、怒られるのが嫌らしい。

しょんぼりするレイに、俺は苦笑する。

「わざとではなんだし、大丈夫だとは思うけどね」

ただ、絶対に怒られないとも、言い切れないんだよなぁ。

土人形は怪奇現象の説明のため、一度寮に持ち帰る予定だ。

笑う土人形を寮に持ち込むからには、まずは管理人さんや寮長に事情を話さなくてはならない。

もしかすると、寮長が怒るかもしれないよね。

「寮長に土人形は寮に入れられないって反対されるかもなぁ」

すでに怪奇話の元になっている土人形である。

寮の平穏を守るために、寮長が反対する可能性は充分に考えられる。

不安を口にした俺に、カイルも頷く。

「この土人形をどこに保管するのかも、はっきりしていませんしね」

レイは土人形を見つめ、困り顔で言う。

「ロイが大丈夫なら、この土人形を俺の部屋に置いても良かったんだけどなぁ」

俺はレイが持つ土人形をチラッと見て、それからため息を吐いた。

「土に戻すまで、少なくとも数日間は保管しないといけないからねぇ」

この土人形は、レイと相談し土に戻すことに決めた。

レイも怪奇話の元になってしまう土人形を置いておくのは、さすがにまずいと思ったらしいのだ。

ただ、土人形を土に戻せるカルロスに、今すぐ頼むことができないんだよね。

カルロスのご主人様であるマクベアー先輩が、今学校にいないからだ。

高等部の一年生は今、ステアの南の森で一週間、野営をするという特別課外授業を行っている。

マクベアー先輩はそれに参加しているため、しばらく学校に帰ってこられないのだ。

せめて俺たちだけで土に戻せれば良かったのだけど、カルロスが作った造形物は頑丈だからなぁ。

叩くたびに笑いながらジタバタされたら、壊す人も、周りで見守る人もトラウマになりそう。

コクヨウに頼めば一瞬で粉砕《ふんさい》できるかもしれないけど、土人形はカルロスが条件付けをした特別なもの。

どの時点で造形物につけた条件が失われるのか、はっきりわかっていない。

仮に粉砕された状態でも条件が維持されるとしたら、土の欠片や砂が動き出したり笑い出す可能性があるのだ。

そんなことになったら、余計に対処に困る。

というわけで、とりあえずはマクベアー先輩が帰ってくるまで、保管しといたほうが無難《ぶなん》じゃないかと判断したのである。

だけど、どこに保管するか、未《いま》だにいい案は出ていない。

一番初めに挙がった候補は、レイの部屋。

でもこれは、先ほどレイが言ったように、レイの召喚獣であるロイが怖がる。

以前作った土人形にも怯えていたくらいだから、バージョンアップした土人形を受け入れてくれるはずがない。

保管している間、ロイを部屋で召喚しないという方法もあるけどそれも可哀想《かわいそう》だからなぁ。

それに、内緒でそれを実行したとして、もしそれが仮にバレた場合、レイへの信頼がなくなってしまう可能性がある。

召喚獣と主人は、信頼関係が重要だ。そんな危険は冒《おか》せない。

次の候補は、俺の部屋とかカイルの部屋。

だけど俺のところは召喚獣が多いのでわりとドタバタしているし、何よりランドウといういたずらっ子がいる。

カイルのところにいる妖精たちも、好奇心旺盛《こうきしんおうせい》で面白いことが好きなんだよね。

つまり、どちらの部屋も、うっかり衝撃を与えかねない環境なのだ。

近隣の部屋の生徒に事情を話したとしても、部屋から笑い声が響けば怖いだろうしなぁ。迷惑がかかりそう。

三つ目の候補は、寮の裏にある、俺たちが使っている小屋。

周りは森だから、万が一何らかの衝撃で笑い声があがっても、人に迷惑がかかることはない。

ただ、小屋を利用するトーマが嫌がりそうなんだよね。

それに、何かあった時も、離れているからすぐに対処できないしなぁ。

最後に挙がった一番良さそうな候補は、寮の管理人室だ。

寮母さんは夜になると寮の隣にある家に帰るし、その間管理人室は鍵が閉められ、誰も入れない。

でも、昼はあの土人形と一緒の場所で働かないといけないので、それを受け入れてもらえるかが重要になってくる。

「最有力候補の管理人室がダメって言われたら、どうしたらいいんだろう」

心配する俺に、カイルが手を挙げる。

「いっそのこと、戻すまで土に埋めたらどうですか？　衝撃も加わりにくそうですし」

いい意見かと思ったが、レイがすかさず反対する。

「埋めたら可哀想だろ！　それに、地面だって地響きとか震動が伝わる可能性があるじゃないか。地面から笑い声が聞こえるほうが、騒ぎになると思う」

レイの意見も一理あるかも。笑い声がする地面を掘《ほ》り起こして、あの土人形が出てきたら、本当に呪物かと思われそうだもんなぁ。

うーむ、保管場所の候補が少ないことを考えると、寮に持って帰ってもいいのかすらわからなくなってきた。

「土人形がただ笑うだけなら、問題なかったかもしれないけどね」

俺が言うと、レイが土人形を見つめて眉を寄せる。

「前髪がちょっと長すぎるのがダメなのかなぁ？　やっぱり、可愛い目を見せたほうが良いのか」

そうブツブツ言いながら、土人形の前髪をかき分ける。

先ほど、意を決して『その土人形は怖い』ってレイに伝えた。

しかし、どうやらレイは前髪のせいでそう言われたのだと勘違いしているようだ。

確かに、不揃いで顔全体を覆う前髪は怖いよ。だけど、そればかりが理由じゃない。

その前髪の隙間から見える、ブラックホールみたいな目が土人形の顔のパーツで最も不気味なのだ。

目が見えなくても怖いが、目が見えたら余計に怖いのである。

よし、ここは心を鬼《おに》にして、伝えるしかない。

「あのね、レイ。前髪とかではなく、土人形の顔そのものが問題なんだよ。レイはその土人形が可愛いと思っているかもしれない。でも、残念ながら皆は違うんだ。これはレイが悪いとかってわけではなく、人それぞれ見え方や感じ方が違うのが理由だから、落ち込まないで欲しいんだけど……」

俺の言葉を聞いて、レイは考え込むように俯く。

「見え方や、感じ方が、皆と違う……」

やはりショックを受けただろうか。

俺が様子を窺っていると、レイは顔を上げて言う。

「そうか！　皆はこの土人形の魅力が、まだわかっていないってことなんだな！」

あまりにもスッキリとした顔だったので、一瞬何を言っているかわからなかった。

「……え？」

聞き返した俺に、レイはわかっているから皆《みな》まで言うなというように手を突き出す。

「新しい作風は、万人に受け入れられるまで時間がかかるものだもんな。しょうがないよ」

どこまでポジティブなのか。

落ち込むんじゃないかと心配していた俺の気遣いは何だったのか。

するとレイはハッとひらめいた顔をして言う。

「そうだ！　この土人形の魅力がわかる人だったら、保管してくれるんじゃないか？」

笑顔で聞かれて、俺は困惑する。

「そ、そりゃあ、土人形を怖がらずに保管してくれる優しい人が見つかれば、可能かもしれないけど……」

いるのか。そんな人。

カイルも俺と同様に思ったのか、レイに尋ねる。

「その土人形を、喜んで保管してくれそうな人がいるのか？」

レイは真剣に考え始め、思い当たったのか、突然大きく目を見開く。

「デュラント先輩は？　前回、興味深そうにしてたじゃん！」

出された名前に、俺とカイルも「あ……」と声を漏らす。

ライオネル・デュラント先輩は、ステア王立学校中等部三年で生徒総長。

体が弱い方《かた》で、幼少期は部屋に閉じこもっていることが多かったせいか、見かけによらず探究心に溢れている人である。

確かに前回、土人形を見て興味を示していたっけ。

「それは僕も覚えているけど、デュラント先輩に保管してもらうっていうのは……」

「さすがに、まずくないか？」

俺とカイルの意見に、レイは口を尖らせる。

「ダメかなぁ？　生徒総長の部屋は、他の部屋より防音性が高いって聞くぜ？」

防音が？　そうなのか……。

一瞬いいかもと思ったけど、俺は慌ててブルブルと頭を横に振る。

いや、ダメだ。

デュラント先輩は聡明《そうめい》で人徳があり、皆から慕《した》われているステア王立学校中等部のカリスマ生徒総長。

しかも、ここステア王国の王子様なんだから。何かあったら大変だ。

俺が反対しようと口を開いたその時、カイルが何かに反応して廊下の先を凝視する。

「何か聞こえた？」

俺の問いに、カイルは前方を見たまま頷く。

「はい。声が聞こえました」

「カイル、なんで気づいちゃうんだよぉ。もう怪奇話は嫌だぞ」

レイは怯えて、俺にピタリと肩を寄せる。

そんなレイを見て、カイルはため息交じりに言う。

「嫌って言っても、聞こえるものは仕方ないだろ。それに、早く異変に気付けば、何かあった時にすぐ対処できる」

「どこから聞こえるの？」

俺が聞くと、カイルは再び耳を澄ませる。

「真っ直ぐ響いてきてないので、渡り廊下ではありませんね。その手前で折れた先にある廊下の奥からでしょうか」

カイルは言いながら、答えを求めるようにコクヨウに視線を向ける。

【そうだな。小さい気配で、人間……数人いるようだ】

コクヨウはそう肯定した。

小さい気配の人間ってことは、子供？

「もしかして、怪奇巡りをしている生徒かもしれませんね」

カイルの推測に、俺とレイは納得する。

「あ！そうかもしれないね」

「そっかぁ。だけど、まだ校舎にいんのかよ」

レイが驚く気持ちもわかる。

俺たちは寮長に「門限を過ぎるかもしれない」と、事前に申請を出している。

早く帰るつもりではあるが、時間を超えたとしても問題はないのだ。

でも、申請を出していないのなら、そろそろ帰らないとまずい時間ではないだろうか。

怪奇巡り以外の正当な理由があれば、大丈夫かもしれないけど。

そんなことを考えつつ渡り廊下に差し掛かったタイミングで、バタバタと走る足音が聞こえてきた。

「「「うわぁぁぁぁぁっ!!」」」という、数人の叫び声もする。

「なんだなんだ？」

レイが俺にしがみつき、カイルが眉を寄せる。

「何かあったんでしょうか」

俺たちが身構えていると、渡り廊下の手前にある曲がり角から、数人の少年たちが飛び出してきた。

その顔のどれもが、見覚えのあるものだった。

先頭にいたのはウィリアム・ハリスとヨハン・コイル、それに続いてアルベール・トロント。それからだいぶ遅れてビル・ノックスがやって来る。

語学の授業終わりに怪奇話をしていた同級生たちだ。

怯えた顔で飛び出してきた彼らは、何を思ったのか新校舎へ続く渡り廊下ではなく旧校舎側に向かって走ってきた。

何かから逃げたいなら新校舎に向かうべきだろうに、パニックで行くべき道がわからなくなっているみたいだ。

彼らは俺たちの姿を発見して、わかりやすく歓喜の表情を浮かべた。

「フィル君だぁ！」

「カイル君もいるぅっ‼」

「うわぁぁ！　良かったあぁっ！」

ウィリアムとヨハンとアルベールはそう口にしつつ、笑顔で俺たちに駆け寄る。

「二人に会えて嬉しいよ！」

「フィル君とカイル君は、暗闇の中の一筋《ひとすじ》の光だよ！」

「二人の姿を見ただけで、すでに心強い！」

興奮した様子の三人に、俺の隣にいたレイは頬を膨らませる。

「二人、二人って……。俺もここにいるんだよ。綺麗に無視すんな」

レイが不機嫌そうに睨むと、三人はようやく存在に気がついたという顔をした。

「あ、レイもいたのか」

「全然見えてなかった」

「フィル君とカイル君の存在が眩《まばゆ》すぎて」

素直な三人の言葉に、レイは「失礼すぎんだろ！」とますます頬を膨らませる。

俺はそんなレイの背をポンポンと叩いて宥めつつ、三人に尋ねる。

「皆、こんな時間に何してるの？　僕らは寮に申請しているから大丈夫だけど、門限が近いんじゃない？」

「あ、それは大丈夫なんだ。僕たちもクラブ活動の申請をしているから、時間には少し余裕がある」

微笑むウィリアムに、俺は首を傾げる。

「クラブ活動？　こんなところで？」

「皆は剣術クラブだよな？」

カイルの問いに、アルベールは頷く。

「うん、そう。だけど、怪奇クラブと兼部しているんだよ」

……怪奇クラブ？

ステア王立学校の中等部と高等部の学生は、何かしらのクラブに入らなければならない。

何十人も所属する大きなクラブもあれば、数人程度の小さなクラブもある。

顧問の先生がいる必要があるが、認可されれば活動内容は生徒に任せてもらえる。

俺が鉱石研究と動物をモフモフ愛《め》でる活動の二つを組み合わせた『モフモフ・鉱石研究クラブ』を立ち上げることができたのも、生徒の自主性を尊重してくれる学校方針があったからだ。

それ故、うちの学校には正統派のクラブから、マニアックなクラブまでいろいろある。

兼部は可能なので、人によっては何個も掛け持ちしている生徒もいるのは知っている。

でも、怪奇クラブという名のクラブは、聞いたことがないなぁ。

「うちの中等部に怪奇クラブなんてあったっけ？」

俺が首を傾げると、ウィリアムとヨハンが教えてくれる。

「最近立ち上げたばかりのクラブなんだ。だから、まだクラブメンバーは僕たち四人」

「昔からの怪奇話を調べたり、怪奇話の現場に行ったりするんだよ」

メンバーの人数がまだ四人ということは……本当にできたばかりなんだな。

そして、四人がクラブを立ち上げるほど怪奇話に興味があるとも知らなかった。

最近の怪奇話ブームに触発されて、作ることにしたのだろうか。

カイルは「なるほど」と相槌を打ち、三人に尋ねる。

「じゃあ、そのクラブ活動として、怪奇巡りをしているってわけか？」

三人は揃ってコックリと頷いた。

「今までは怪奇話集めをしていたんだけど、ビルが怪奇巡りをしようって言い出してさ」

ヨハンはそう言って、後ろを振り向く。

ちょうど息を切らせたビルが、やって来るところだった。

「ひでぇよ、お前ら。俺を置いてくなんてさぁ」

到着するや否や、ビルは荒い息で三人に文句を言う。

穀物屋《こくもつや》の息子であるビルは学年でもトップクラスの力持ちではあるが、走るのは少し苦手なんだよね。

息を整えているビルに、レイは尋ねる。

「それで、さっきすげぇ慌てて走ってきたけど、何かあったのか？」

レイの質問に、皆は安堵の表情から一転、顔を強《こわ》ばらせる。

「……あぁ、立て続けに怪奇現象が起こったんだ」

「多少腕に覚えがあるから、怖いものなんかないって思っていたけど、僕たちは恐怖の前には無力だった」

「木刀を構えることすら忘れていたよ」

「考えたら幽霊相手に、剣も何もないもんね」

ビル、ウィリアム、アルベール、ヨハンは自嘲《じちょう》気味にそう話す。

よく見れば、皆は長剣と短剣の中間くらいの長さの木刀を、腰に下げていた。

彼ら四人と俺とカイルは、剣術の授業の受講仲間。

同級生の中でも、彼らは上位の実力者たちである。

そんな彼らが恐怖するほどの、何かが起こったらしい。

「怪奇現象って、何があったの？」

ウィリアムは深刻な顔で怪談を話す時のように声を低めて話し始める。

「何か所か怪奇巡りをして、僕たちが渡り廊下を通って旧校舎まで来た時のこと。旧校舎の廊下の奥から、声が聞こえたんだ……」

「声が聞こえた？」

俺が聞き返すと、アルベールがゴクリと喉を鳴らして口を開く。

「お……女の子の笑い声がだよ！」

「『女の子の笑い声』」

俺とカイルはそう呟いてレイを見る。

レイは腕に抱えていたレポートの束をそっと上げて、ほんの少しだけ見えていた土人形の頭頂部を完全に隠していた。

多分、土人形の笑い声じゃないかな？

教務室を出たあと、ここへ来る途中の廊下でも、何度かレイが土人形に衝撃を加えてしまい、笑わせてしまっていたし。

「えっと……いつ頃だ？　気のせいじゃないのか？」

確認するレイに、四人は興奮した様子で話す。

「少し前だ！　あれは間違いなく、女の子の笑い声だった！」

「しかも、何回もだよ!?　声が響いて、すっごく怖かった！」

「絶対にあれは、旧校舎に留まっている女子生徒の霊だと思う！」

「普通の人間の声とは違う響きがあったんだよ。フィル君たちも聞かなかった？」

彼らは大きく身振り手振りを交えながら、その当時の恐怖を伝えてくる。

俺たちは彼らが言う『少し前』に廊下を歩いていた。

土人形以外の笑い声が聞こえたなら、少なくともカイルかコクヨウが気づいたはずだよね。

俺はカイルとコクヨウに視線を向けると、カイルは小さく首を横に振り、コクヨウは鼻息を吐いて言う。

【その土塊《つちくれ》以外の笑い声など、聞いてはおらん】

じゃあ、やはりウィリアムたちが聞いたのは、土人形の声。

俺は事情を話すべく、口を開く。

「その笑い声は、僕らも聞いたよ。その笑い声は、実は……」

俺が話し終えないうちに、四人は俺に詰め寄る。

「やっぱり、フィル君たちも聞いたの⁉」

「今もなお、学校に通う少女の幽霊の声をっ！」

「あれは怪奇現象だよな？」

「噂は本当だったんだぁ！」

カイルは俺を庇《かば》うように盛り上がる四人と俺との間に立つ。

「違う。幽霊の声じゃない。説明するから、皆ちょっと落ち着け」

それを聞いて、四人はピタリと動きを止め目を瞬かせる。

「幽霊じゃない？」

聞き返すウィリアムに、俺とカイルはコックリ頷いた。

「皆が聞いたのは、幽霊の声じゃなくて土人形の声なんだ」

俺の説明に、四人は言っている意味がわからないという顔をする。

「実際に見てもらったら、わかるだろう」

カイルは後ろに隠れていたレイを、四人の前に立たせる。

レイは観念したように、レポートで隠していた土人形を取り出した。

取り出した時点で、四人は「ヒッ！」と声をあげて後ろに下がる。

「な、ななな、なんだ、それっ！」

顔を引きつらせたビルが、土人形を指して叫ぶ。

「俺がマクベアー先輩の召喚獣に頼んで、作ってもらった土人形。顔は俺が描いたんだ」

レイの説明を聞いて、ウィリアムとヨハンは大いに嘆く。

「レイが顔を……だからか」

「なんてことしてくれたんだ」

去年、長期休みの宿題で絵日記があり、提出物を受け取った先生が不眠症になったので、レイ画《が》伯《はく》の腕前は同級生なら皆だいたいわかっている。

カイルは土人形をチラッと見て、四人に向かって言う。

「皆が聞いたのは幽霊じゃなく、この土人形の声だと思う」

それを聞いて、怖いもの見たさで土人形を観察していた四人は、バッと顔を上げて叫んだ。

「「「「これ、喋るのか⁉」」」」

俺は苦笑して、コクリと頷いた。

「実はそうなんだ。喋るっていうか、笑うだけではあるんだけど……」

言いながらレイに視線を向けると、レイは土人形の頭を撫でた。

すると、土人形はカタカタ動きながら『あははは、うふふふ』と笑い出す。

「「「うわぁぁぁぁっ!!　怖《こえ》ぇぇぇっ!!」」」

ビルたちは抱き合って、叫んだ。

ビルはガキ大将《だいしょう》タイプだし、昼間も怪奇話で盛り上がっていたからホラー系が好きなのかと思っていたんだけど、こういうのは素直に怖いって思うんだな。

レイは皆の反応に、少し不満げな顔をする。

「えー、そんなに怖くはないだろう？　前髪がちょっと長すぎて、それで怖く見えるかもしれないけど……」

そう言いながら、土人形の前髪をかき分ける。

「前髪の問題じゃねぇよ！　怖ぇよ！　何だよその人形！」

「そして、前髪かき分けるな！　目を見せてくるなよ！」

ビルとアルベールがそう叫び、ヨハンとウィリアムが怯えた声で言う。

「何を作り出してくれちゃってんだよぉ」

「レイ、正直に教えろ。何のために作ったたっ！　もしかして、だ、だだ、誰かを、の……の……呪うつもりで？」

怖がる同級生たちの言動に、レイは何を騒いでいるのかわからないといった様子で首を傾げる。

「『ののの ろう』って？　何を言いたいかわからないけど、可愛くしたくて作っただけだぜ？　土人形が笑ったら、愛嬌《あいきょう》があって可愛いだろ？」

ニコッと笑って、レイは再び土人形の頭を撫でる。

土人形は再びカタカタ動きながら『あははは、うふふふ』と笑い出した。

「「「「どこがだよ！」」」」

四人は即座にツッコミを入れた。

レイは、残念そうに息を吐く。

「う～ん、ビルたちにもこの魅力がわからないのかぁ」

残念そうなレイに、カイルは呆れた顔で言う。

「その土人形の魅力がわかる人間が、そんなに簡単に現れてたまるか」

俺はそのやり取りに苦笑しつつ、四人に向かって言う。

「結果的に皆を怖がらせちゃったけど、レイはわざとやったわけじゃないんだ。レイは本心から、土人形を可愛いと思っているんだよ」

「……可愛い？　冗談じゃなく？」

そう尋ねるヨハンに、俺とカイルはコックリと頷く。

四人は信じられないといった顔で、土人形を手に持つレイに目を向けた。

皆から視線を注がれたレイは、不思議そうに首を傾げる。

その目に一点の曇りもないことがわかると、四人はガックリと肩を落とした。

「レイのくせに、澄《す》んだ目をしやがって……」

「冗談ならもっと怒れたのに」

ビルやヨハンは悔しそうに、唇を噛む。

そんな彼らに、カイルはさらに言った。

「ついでに言うと、噂が流れ始めた時期や状況を考えると、旧校舎の女の子の声についての怪奇話は、おそらくこの土人形のことを言っているんだと思うぞ。さっき皆が土人形の声を聞いて幽霊だと勘違いしたようにな」

「「「「えっ!?」」」」

四人は揃って驚きの声を上げると、一斉にレイを見る。

レイはちょっとバツの悪そうな顔で、詳細を話し始めた。

「噂になったのって、冬休み明けて少しした頃だろ？　実はその時期に俺、旧校舎の一角にこの土人形を置き忘れちゃって。すっかり忘れていたから、俺もこの土人形が原因だとは思わなかったんだけどさ。その時から今日回収するまでの間に、何度か動いていた可能性があるんだ」

その説明を聞いて、四人の表情が強ばる。

「ど、どういうことだ？」

「置き忘れていた土人形が、勝手に動いていたってことか？」

「レイも知らないうちに？」

「勝手に動いてるって話も、充分怖いんだけど！」

独りでに人形が動いている姿を想像したのか、レイが持つ土人形から距離をとるように四人はじりじりと後ろに下がり始める。

怯える四人に、俺は慌てて訂正を入れる。

「この土人形は、衝撃が加わると動く仕組みなんだ。置かれていた場所が窓の近くでね。風が吹いて窓辺に置いてあった木の実が、土人形に当たって動いちゃったみたい」

レイは証拠だというように、ポケットから木の実人間一体を取り出し、土人形の頭にコツンと当てる。

土人形はそれに反応して、再びカタカタしながら『あははは、うふふふ』と笑い出した。

ウィリアムたちはゾッとした顔で、頬を引きつらせる。

「わかったから、もう『それ』動かすなよ」

「よく見たら、その木の実もレイが作ったやつじゃん」

「本当だ。見たことある」

「珍しくレイが先生に褒められてたやつだ」

この四人も、一緒に加工の授業を受講している。

一年の時のことだが、彼らにとっても記憶に残る出来事だったらしい。

「ってことは、本当にレイが原因の怪奇話だったのかよぉ。人騒がせなやつだな」

「まったくだよね。幽霊かと思ったのにさぁ」

「もぉ、驚いて損したよ」

「じゃあ、あの怪奇話は嘘だったってことかぁ」

ビル、ヨハン、ウィリアム、アルベールはそれぞれそう口にして、少しガッカリしたような顔で肩を落とす。

ヨハンは一つため息を吐いて、レイに尋ねる。

「その土人形、衝撃を受けると動き出すんだよね？」

「そう。だから、気をつけているんだけど、たまに動いちゃうんだよ」

レイの返答を聞いて、ヨハンは自分の腰につけていた革製のポーチから、タオルを取り出した。

「じゃあ、これをあげるから、その土人形を巻いときなよ。そうしたら、少しは衝撃が緩和されるだろう？」

「え、いいのか？」

驚くレイに、ヨハンは肩をすくめる。

「レイのうっかりで、驚かされるのは嫌だからね」

確かに、薄暗い校舎で急に土人形が笑い声を発したら、びっくりするもんね。

ビルたちに会うまで、すでに何回か土人形を笑わせているレイだ。

寮に帰るまでの間に、あと何回土人形を笑わせるかわからない。

せめて俺やカイルに任せてくれればその回数も減らせると思うのだが、レイは土人形に愛着を持っているらしく、自分で持って行くって聞かないんだよね。

ヨハンとレイのやり取りを見て、アルベールもウェストポーチから、布袋《ぬのぶくろ》を取り出した。

「なら、僕はそれを入れる袋をあげるよ」

アルベールは中身をウェストポーチに移し替え、空になった布袋をレイに差し出す。

「おぉ、助かる！」

レイはお礼を言ってそれらを受け取り、土人形を赤ちゃんのようにタオルで優しく包《くる》んで、布袋に入れる。

これならそのままの状態より、タオルなどが緩衝材《かんしょうざい》になって、多少は衝撃が軽減されるだろう。

「二人ともありがとう！　寮に帰ったら、返すな！」

にっこりと笑うレイに、二人はブンブンと首を横に振った。

「あげるって言っただろう。返さなくていいよ！」

「僕もいらないから！」

二人は強めに拒否する。

さっき呪いの人形だと勘違いしていたし、二人とも未だに腰が引けているもんね。

ただの土人形であると言われても、触れたものを返してもらいたくないのだろう。

レイは不思議そうにしつつ、それを親切と捉えたらしい。

「そうか。ありがとうな」

笑顔でお礼を言ってから、レイは「良かったな」と口にしつつ土人形の入った布袋を優しく撫でる。

それを口元を引きつらせて見ていたビルは、レイに向かって尋ねる。

「もしかして、壺《つぼ》もレイの仕業じゃないよな？」

「壺？　何のことだよ」

レイは袋を大事そうに抱え直しながら、眉を寄せて首を傾げる。

「渡り廊下の手前を曲がった先にある、古代の壺のことだよ」

ウィリアムの説明に、俺とカイルとレイは「あぁ」と声を漏らす。

「手前の廊下って、さっき皆がいた廊下だよね」

「あの先は確か、第一美術室だったか？」

「そういや、何か廊下に、古くてでかい壺あったなぁ」

第一美術室は、新校舎にある第二美術室より広い教室で、授業やクラブ活動にも使われている。

ただ、俺たちは美術の選択科目を受講していないので、一年の時に校舎内を散策して以降、あちらへ行ったことがなかった。

レイが言うように、そこへ向かうまでの廊下には古代の模様が描かれた大きな壺があったような気がする。

それを思い出して頷く俺たちに、四人も「それそれ」と頷く。

ビルは真面目な顔で、再び話し始める。

「渡り廊下を歩き切った時、ちょうど笑い声を聞いたって言っただろ？　それに驚いたヨハンが、第一美術室のほうに走って行ったんだよ」

俺とレイとカイルがヨハンを見ると、少し恥ずかしそうに頭を掻く。

「だって、笑い声が響いて怖くてさぁ」

まぁ、人気《ひとけ》のない廊下は音が反響しやすいし、怖がっちゃうのも当然だよね。

ウィリアムはビルに続いて、説明を始める。

「ヨハンを放っておけないだろう？　それで、僕たちが慌ててあとを追うと、壺が置いてある台座にしがみついているヨハンを発見したんだ」

そこで話題になっている壺の登場か。

ちょっと待てよ。皆、あっちから逃げるように走ってきたよな。

それに、さっきレイの仕業かって、ビルが聞いてきた。

「もしかして……壺に何かおかしなことが起こったの？」

俺の質問に、四人はぐっと俺に顔を寄せて叫んだ。

「「「「そうなんだよ！」」」」

ウィリアム、ヨハン、アルベール、ビルは再び興奮した様子で、その時の状況を説明する。

「壺には触ってないのに、蓋が少し開いたんだよ！」

「壺自体も左右に揺れ始めたんだ！」

「四人でしっかり見たから間違いない！」

「壺が生きてるみたいに動いたんだぜ！」

壺が生きているみたいに動き出す？

あの壺の大きさから推測するに、風などで動くとは思えない。

「壺に関する怪奇話もあるのか？」

カイルが尋ねると、ウィリアムは首を横に振る。

「いいや。ステアの怪奇話はたくさんあるけど、あの壺に関する話は一つもないよ」

アルベールは真剣な顔で、俺たちに言う。

「だから、もし本物なら新しい怪奇現象ってことになると思う」

「まぁ、レイがまた原因になっていなければだけどな」

ビルはそう言って、疑わしそうな目をレイに向ける。

その視線に、レイは眉間にしわを寄せた。

「壺に関しては無関係だよ。今日は渡り廊下の近くに行ってすらねぇし」

「うん。今日はずっとレイと一緒に行動していたから、それは確かだよ」

俺の証言に、レイは「ほらな？」と胸を張る。

「そもそも俺は美術室のある廊下にはほとんど行ったことがないんだから」

それを聞いた四人は、顔を見合わせヒソヒソと相談を始める。

そして、それが終わると揃って俺たちに向き直った。

「帰る前に、あの壺をもう一回確認しに行きたいんだ。フィル君、カイル君、お願いだ。ついてきてくれないかっ！」

ウィリアムはそう懇願し、三人は横で祈るようなポーズをする。

「壺を確認しに？」

俺は目を瞬かせ、カイルは呆気にとられた顔で言う。

「あんなに怖がっていたのに、また行くのか？」

そう言われて、ウィリアムとアルベールはもごもごと話す。

「まぁ、怖いのは怖いんだけどね……」

「怪奇クラブとしては、このまま帰れないというか……」

彼らに続いてビルも、レイが持つ布袋を見ながら気まずそうに言う。

「旧校舎の女の子の声が、怪奇話じゃなかったとわかったわけだし。成果を上げて帰りたいんだよ」

「フィル君とカイル君がついてきてくれたら、心強いんだ！」

ヨハンは俺とカイルの手を、両手でぎゅっと握り込む。

それを見て、レイは頬を膨らませる。

「なんで俺には頼まないんだよ」

不満を口にするレイに、四人は笑う。

「だって、レイじゃ頼りにならなそうだし」

ウィリアムが言い、アルベールとヨハンが頷く。

「フィル君やカイル君は、レイと比べて安心感が違う」

「二人なら、何かあっても動じなそうだもんね」

最後にビルが、レイを指さして言った。

「レイは何かあった時、誰かの後ろに隠れるだろ？」

図星を指されたようで、レイはムッとした顔で口を尖らせる。

確かに、土人形の時もそうだったけど、レイは何かあった時に俺やカイルにくっついたり隠れたりすることが多いんだよねぇ。

しかし、レイは少し躊躇ったあと、自分の胸を叩いた。

「わかったよ！　先頭に立って、確認に付きあってやる！」

「え、行くの？」

驚く俺に、レイは大きく頷く。

「ああ！　俺が頼りになるってところを、こいつらに見せつける！」

四人はそんなレイに向かって「お～」と声を漏らし、パチパチとまばらな拍手をする。

頑張れというより、できるものならやってみればというニュアンスが感じられる。

そんな彼らのやり取りに、コクヨウは不満げな声で「ガウ」と吠える。

【寄り道か？　帰りが遅くなるではないか】

早く帰りたくてイライラしているなぁ。

だけど、行く気満々なレイたちを放っておくわけにもいかない。

それに壺があるのだって、すぐそこの廊下だ。そんなに時間もかからないだろうし。

俺はコクヨウを抱き上げ、耳元で優しく囁《ささや》く。

「少し確認するだけだから。お詫《わ》びにプリンを追加するよ。どう？」

そう交渉すると、コクヨウの耳がピクピクと動いた。

それから目をキランと光らせて、俺を振り返る。

【二個追加で手を打とう】

……相変わらずちゃっかりしているな。

俺はため息交じりに頷いて、コクヨウの要望を受諾する。

そうして俺たちは、壺の置いてある廊下へと向かうことにしたのだった。

もちろん、腰の引けた状態のレイが先頭である。

こちらの廊下は窓が少ないので、先ほどいた廊下よりも薄暗かった。

第一美術室に続く廊下ということもあり、窓と反対側の壁には、大小異なる絵画がたくさん飾られている。

風景画はまだしも、この暗さで人物画を見ると、さすがに薄気味悪く感じるな。

こちらを見られているようで、ちょっと背筋がぞくっとする。

「壺はまだかよぉ」

怯えた声でレイが呟くと、ビルが木刀で少し先を指す。

「あそこだ。壺はあそこにある」

俺はコハクを乗せた手を前に突き出し、ビルが示した廊下の少し先を照らした。

壁際の台座に、大きな壺が置いてあるのが見えた。

俺たちは音をたてないように、その壺に近寄っていく。

「これが、動いたっていう壺かぁ」

【つぼっ！】

ぴょこぴょこ飛び跳ねるコハクの光を当てながら、壺を観察する。

なんとなくでしか見たことなかったけど、廊下に飾るだけあって歴史を感じる立派な壺だなぁ。

少し縦に長いタイプであるのを見るに、おそらく穀物を貯蔵するための壺なのだろう。

この模様は古代の……四百年前くらいによく使われていたものだったかな。

俺と同様に壺を観察していたカイルは、低く唸る。

「何の変哲《へんてつ》もなく見えますけどね」

「本当に、動いたんだよな？」

四人を振り返って尋ねるレイに、ビルはムッとして言い返す。

「本当だって！　カンカン音が鳴って、蓋がパカパカ開いたんだぜ！」

カンカン、パカパカ……。

すると、コクヨウが欠伸をしながら言う。

【開いてもおかしくなかろう。出たいのではないか？】

「え？　出たい？」

俺がコクヨウに小声で聞き返す。

それと同じタイミングで、壺からカンッという音が鳴り響いた。

蓋が少し持ち上がり、すぐに閉じられる動作が幾度も繰り返される。

まるでお湯をグラグラ煮立《にた》たせた時の、お鍋《なべ》の蓋の動きのようだ。

「うわぁぁ！　やっぱり動いた！」

「ほ、本当だ。パカパカしてるっ！」

ヨハンとレイは叫んで、ビルの後ろに隠れる。

頼りになるレイを見せてくれるはずじゃなかったのかと思ったが、それどころではないようだ。

しかも、ヨハンとレイだけでなく、ウィリアムとアルベールまでビルの後ろについた。

「なんで皆、俺の後ろに隠れんだよ！」

おそらくこのメンバーの中で、一番恰幅《かっぷく》がいいから隠れやすいのだろう。

ビルたちが大騒ぎしている間に、カイルが前に出て蓋を開け、中を覗き込む。

俺も覗き込みたかったが、悲しいかな身長が足りなかった。

それでも少し背伸びをしつつ、カイルに尋ねる。

「カイル、中に何かいる？」

コクヨウは先ほど、『出たいのでは』と言った。

つまり、中に何かがいて、出たがっているということだよね。

壺の中を覗き込んでいたカイルは、眉を寄せる。

「……いますね。今から出しますので、ちょっと待っていてください」

カイルはおもむろに壺に腕を突っ込み、ゴソゴソと中を探り始める。

その様子を見て、ウィリアムとアルベールとヨハンは感動する。

「すごい、そんな躊躇なく」

「さすがカイル君だ。頼もしい」

「いったい、何が出てくるんだ」

探っている間も、壺の中はカンカンと音を響かせている。

もしかして、中にいる何かが、カイルに捕まるまいと暴れているのだろうか。

見守っていると、カイルは動きを止め、一つ息を吐いた。

「捕まえました」

カイルの言葉に、俺たちは「おぉぉ」という感嘆と共に拍手を送る。

だが、壺から出されたそれを見て、俺たちの手が止まった。

カイルの両手に抱えられていたのは、二十センチほどの大きさの、灰色の埃の塊《かたまり》。

「な、何それ……」

思わず聞くと、カイルは冷静な声で答える。

「動物ですね」

「動物？　この埃玉《ほこりだま》が？」

こんな見た目の子がいたかな？

……いや、埃がくっついているのか。

となると、そもそも灰色の毛色なのかも怪しい。

うちのホタルは転がって移動することがあるので、白い毛が地面の色に染まることがままあるんだよね。

表面は手入れをしていても、壺の中までは掃除がされていない可能性もあるからなぁ。

壺に蓄積された埃や汚れが体についたら、こんなにもなるか。

「何の動物だろう」

俺でもわかる動物かな。

その埃玉は、カイルの手の中でジタバタともがき出す。

【はなせっ！　はなせよぉっ！】

顔を近づけていた俺は、舞った埃を浴びてくしゃみをしてしまう。

「クシュンッ！　クシュンッ！　お、落ち着いて！」

俺は口元を押さえつつ、埃玉の頭と思《おぼ》しきところに手をのせて撫でる。

撫でることで埃はさらに舞うが、気持ちいいのか埃玉は大人しくなった。

「ヨシヨシ、いいこいいこ。怖くないからね。……ん？　おでこに小さなでっぱりがある。これって、もしかして角かな？」

しかも、少し尖ってはいるけど、全然痛くない。低反発マットのような感触。

この角の感触には覚えがあった。

俺が顔を覆う毛をかき分けると、くりくりとした可愛らしい目が見つかる。

「……ミュズリ？」

ミュズリとは、体長二十センチほどの大きさのハムスターっぽい動物のこと。

額に小さな一本角があり、毛がクルクルとカールしているのが特徴だ。

角は毛の塊が変化したものだと教えてもらったことがある。

風属性で、動きがとてもすばしっこいんだよね。

相手がミュズリなら、カイルが捕まえるのに手間取ったのも頷ける。

俺の呟きが聞こえたのか、後ろで様子を窺っていたレイたちが、わらわらと集まってきた。

正体がわかったことで、恐怖心がやわらいだのか、レイたちは興味深げにミュズリを覗き込む。

「え、嘘だろ。これがミュズリ？」

「どうしてこんなところに？」

レイとウィリアムは訝しげに眉を寄せる。

「何かの拍子に壺に入って、出られなくなったのかな？　いつからいたんだろう」

俺はそう言って、ポケットに常備している動物用クッキーの袋を取り出した。

ミュズリは鼻をヒクヒクと動かし、すぐに興味を示した。

安全だとわからせるため、クッキーを一枚コクヨウにあげ、もう一枚を割って俺とコハクで食べてみせる。

「君もクッキー、食べる？」

俺が聞くと、ミュズリはカイルの手の中で再びジタバタもがき始めた。

【食べるに決まってるだろ！】

床に下ろしてクッキーを差し出すと、ミュズリはそれにかぶりつき、すごい勢いで食べ始めた。

ビルが感嘆の声を上げる。

「おぉ、相当腹が減っていたみたいだな」

カイルがミュズリから、壺に視線を移して呟く。

「これだけ腹を空かせているってことは、誰かの召喚獣ではないってことですよね」

その質問に、俺はクッキーをもう一枚あげながら頷く。

「そうだね。召喚獣じゃないと思う」

召喚獣は、契約している主人のエナを摂取して生きている。

だから、主人が傍《そば》にいる環境であれば、本来は食べ物を必要としない。

まぁ、うちの子たちはよくおやつを食べるけどね。

ランドウたちは俺が作った料理が大好きだし、コクヨウなんか毎日三回はおやつをあげないと不機嫌になるもんなぁ。

ともあれ、召喚獣にとって食べ物はあくまでも嗜好品《しこうひん》で、重要なのは主人のエナなのである。

仮にこの子が召喚獣で、こんなにお腹を減らすくらい長い間ここに閉じ込められていたとしたら、もっと体が弱っているはずだ。

「じゃあ、野生の子？」

続いて質問したヨハンに、俺は首を横に振る。

「多分違うと思う。学校敷地内や周辺には、野生のミュズリは棲んでいないから」

それを聞いて、ビルは腕組みしながら言う。

「じゃあ、学校で飼っているミュズリってことか」

すると、レイが何か思い出したかのように「あ！」と声を漏らす。

「そういや謝恩会《しゃおんかい》のあとに、学校で飼っているミュズリを見せてもらったよな？」

ステア王立学校中等部では、卒業式のあとに謝恩会が行われる。

卒業する三年生の先輩に、一、二年生がプレゼントを贈り、感謝を伝える会だ。

そして、その謝恩会のイベントでは、プレゼントがもらえない卒業生が出ないよう、プレゼントをかけた障害物レースが行われる。

レースに参加するだけでもれなくプレゼントがもらえるのだが、レースの上位に入賞すれば特別なくじが引け、人気の高い在校生からのプレゼントが手に入る。

だから毎年、熾烈《しれつ》な戦いが繰り広げられている、謝恩会の目玉ともいえるレースだった。

レースの障害物となるアイテムは毎年違っていて、前回は珍しい障害物としてミュズリを使ったコーナーが設けられていた。

カードを引いて、そのカードに示されたのと同じ色の札をつけているミュズリを捕まえられたら、関門を突破できるというものだ。

ミュズリはすばしっこいから、卒業生の先輩方はかなり苦労していたっけ。

レイの言葉を聞いて、皆もその当時のことを思い出したようだ。

「あぁ、あのミュズリたちかぁ」

「先輩たちが手古摺《てこず》っていたよね」

ウィリアムとヨハンが言い、アルベールが首を傾げる。

「あのミュズリって、どこで飼育されているの？」

その問いに、カイルはクッキーにがっついているミュズリをチラッと見て答える。

「確か、キトリン先輩が世話をしていたと思う」

キトリン先輩とは、三年生のナディル・キトリン先輩のことだ。

トーマが兼部している動物研究クラブのメンバーで、個人的にミュズリを研究している先輩である。

学校に許可をもらって、百匹以上のミュズリを飼育しているんだよね。

謝恩会のレースにミュズリコーナーが設置されたのも、レースの担当がキトリン先輩だったからだ。

謝恩会の終わりにミュズリを触らせてもらった際、挨拶をしたことがある。

レイは大きく息を吐き、あげたクッキーを全て平らげて満足そうなミュズリに話しかける。

「よし！　俺たちがキトリン先輩のとこに連れて行ってやるからな！」

すると、ミュズリは足を鳴らして叫んだ。

【余計なことするなぁーっ！】

レイに向かって「キシューッ!!」と威嚇《いかく》の声をあげる。

その威嚇に怯んだレイが、一歩後ろに下がる。

「こわっ！　なんで威嚇するんだよぉ。フィル、キトリン先輩のとこの子なんだよな？」

「うん。そうだと思うんだけど……。ちょっと待ってね」

俺は目を瞑り、威嚇しているミュズリを落ち着かせるように撫でて、記憶の糸を辿《たど》る。

レースが終わったあとに、モフらせてもらったんだよね。

手入れをされていたあの毛並みとはまったく異なるが、この大きさと触り心地は……。

俺はパチッと目を開けて断言する。

「うん。間違いなく、キトリン先輩のところの、リーダー格だった子だよ」

自信たっぷりに言うと、レイはなぜか喜ばず、呆気にとられた顔をする。

「前に触っただけでどのミュズリかわかんのかよ」

ウィリアムたちも、ゴクリと喉を鳴らす。

「す、すごいね。フィル君」

若干引かれているように感じて、俺は慌てて説明する。

「この子は特別なんだよ。他の子より体が大きいから、わかりやすかったんだ。もっとも、しばらく食事を摂っていなかったからか、前より少し痩《や》せちゃっているけど……」

カイルは上体を屈《かが》め、ミュズリを覗き込みながら言う。

「帰るのを拒否しているみたいですよね。キトリン先輩のところから抜け出した理由も、それに関係しているのでしょうか」

すると、コクヨウは退屈そうに欠伸をして言う。

【どうせくだらぬ理由だろう】

それを聞いて、ミュズリは少しムッとした口調で言い返す。

【く、くだらなくないぞ。狭い世界から抜け出し、冒険に出てきたんだ！】

冒険という単語に、俺の肩に乗っていたコハクが、ぴょこぴょこと飛び跳ねる。

【冒険っ！　冒険っ！】

コハクは冒険好きなので、『冒険』という単語を聞くだけでわくわくするのだ。

【そうやって冒険に出て、壺にはまって埃まみれになっているなど、目も当てられんな。一匹で生きられぬなら、早々に群れに帰ることだ】

コクヨウはミュズリを睨んで、フンと鼻を鳴らす。

ミュズリは、ショックを受けてプルプルしていた。

もぉ、いじわる子狼め。もう少し優しい言い方ができないものか。

でも、コクヨウの言葉は間違いではない。

ミュズリは本来群れで生きる動物だ。仲間と連携をして、襲ってくる肉食獣から身を守っている。

敵に対抗する術《すべ》があればいいが、ミュズリの角は柔らかい。

武器もない状態で群れからはぐれるというのは、死に直結する行動なのである。

それに、壺に入って出られなくなったってとこからも、単独行動するのは向いていないよね。

そう考えると、学校敷地内に危険な肉食動物がいなくて、本当に良かった。

「仲間のところに帰りたくないの？」

俺が優しく尋ねると、ミュズリは俯き加減で言う。

【俺だって……本当はもう帰りたい。でも、こんな埃だらけで帰れないんだよぉ】

あぁ、なるほど。威勢よく冒険に出たのに、この格好では帰れないか。

ちょっと恥ずかしいって気持ちは、わかる気がする。

「ちゃんと綺麗にしてあげるから、仲間のところに帰ろう？　キトリン先輩が心配しているよ」

俺が手を差し伸べると、ミュズリはすり寄ってきた。

それを見て、レイは悔しそうに唇を噛む。

「俺には威嚇してきたのに……」

「フィル様と比べるほうがおかしいだろ」

カイルの言葉に、ウィリアムたちも頷く。

レイは「ちぇっ」と拗ねると、ミュズリを見ながら言う。

「で、綺麗にしてあげるって、寮のオフロにでも入れてやんのか？」

寮にある動物用のお風呂で、しっかり汚れを落としてあげたほうがいいだろうなぁ。

水の鉱石を使ってもできるだろうけど、可能なら石鹸《せっけん》を使いたい。

「そうだね。今は毛に絡まった埃を落として、あとは寮に帰って洗うことにするよ」

すると、アルベールが俺に向かって尋ねる。

「かなり汚れているようだけど、埃は落ちるの？」

皆も同様に思ったのか、少し心配そうにしている。

俺はにっこり笑って、胸を張る。

「任せて。ホタル用のお手入れセットを持っているから！」

本格的にブラッシングする際はちゃんとしたお手入れセットをテンガに出してもらうのだが、ホタルは転がって汚れることが多いから、簡易《かんい》的なお手入れセットを常備しているんだよね。

俺は張り切って、ウェストポーチからコンパクトサイズのブラシを取り出した。

これは俺が新しく開発した携帯用ブラシだ。

折り畳み式になっており、ブラッシングしたい時、すぐにブラッシングできる優れもの。

一般的なブラシに比べると小ぶりだが、動物の毛を引っ張りすぎずに埃やゴミなどが綺麗に取れる。

「ブラシを常備してるのか」

驚くビルに、俺は満面の笑みで返す。

「モフ研メンバーたるもの、常に持っていないとね」

それを聞いて、ビルたちの視線がレイとカイルに向けられる。

「ブラシはもらったけど、常備してんのフィルだけだからな」

レイはそう言い、カイルもチラッと俺を見てから首を横に振る。

「俺は召喚獣がいないから……」

ショックだ。

せっかくメンバー全員にあげたのに、持っていないのか。

カイルはともかく、レイはお洒落好きな召喚獣がいるのだから、持っていてくれてもいいのではないだろうか。

俺はちょっと口を尖らせつつ、埃まみれになっているミュズリを、ブラシでとかし始めた。

体に絡まっていた埃が綺麗に取れていき、気持ちがいいのかミュズリもすっかりリラックスしている。

【あぁぁ、かゆいところに足が届く感じぃ】

うっとりとした声を出し、自ら横を向いたり寝転がったりして協力してくれる。

おかげで、全身くまなくブラッシングできた。

「あとは毛についている汚れを拭いて……」

ウエストポーチに入っていたハンカチに、ホタルのブラッシングの時に使っているハーブウォーターを含ませ、それでミュズリを拭く。

あぁ、ハンカチが真っ黒だ。

ブラッシングしても、毛に付着している汚れは取れないからなぁ。

ともあれ、ブラッシングによってミュズリは、だいぶさっぱりした。

ハーブウォーターの、爽やかな香りさえする。

【おー！　埃が取れてスッキリした！　ありがとう！】

ミュズリは嬉しそうに俺にすり寄る。

見ていた皆も、ミュズリの変身っぷりに感嘆の声をあげる。

「すげぇ、あっという間に綺麗になった」

「あんなに薄汚れていたミュズリが……」

「フィル君、さすがモフ研の部長だね。感動した」

「うん、素晴らしい手際の良さだよ」

皆からの賛辞に、俺は照れながら頭を掻く。

ブラッシング技術に関して褒められるのは、めちゃくちゃ嬉しい。

「へへへ、まだ軽くしか梳《す》いていないけどね」

ブラッシングの時にできた毛玉を汚れたハンカチで包み、ウェストポーチに入れる。

それから、綺麗になったミュズリを抱き上げた。

「とりあえず壺が動いた原因はミュズリだってわかったことだし、もう寮に帰ろう」

怪奇クラブの四人は、俺の言葉にハッとした。

「そうだ。ミュズリが原因なんだ」

「レイの土人形に続いて、ミュズリとは……」

ビルとヨハンがガックリと肩を落とし、ウィリアムとアルベールはため息を吐く。

「新しい怪奇話だと思ったのに……」

「成果を上げられると思ったのになぁ」

相当ガッカリしているな。

落ち込む彼らを、俺は優しく慰める。

「そんな日もあるよ。今日はもう帰って、また日を改めたほうがいいんじゃない？」

俺の提案に、カイルも賛同する。

「そうですね。クラブ活動で許可をもらっているとはいっても、これ以上遅くなったら夕飯にも間に合わなくなってしまいそうですしね」

それを聞いて、ビルとレイは自分のお腹を触る。

「確かに、叫んだり走ったりしたせいか、腹が減ってる」

「俺も。さっきミュズリがクッキー食べてるの見て、ちょっと羨ましいって思ったもん」

正直な二人に、俺は小さく噴き出した。

「じゃあ、探索はこの辺にして、帰ろうか」

6

俺たちは渡り廊下を通り、新校舎へとやって来た。

この時間になると、生徒たちの声も聞こえない。

クラブ活動をしている生徒も、もう帰る時間だもんね。

「今日は収穫なしだったなぁ」

「次の怪奇巡りはどうしようかぁ」

廊下を歩きながら、ビルとウィリアムがそんな風に相談している。

壺の蓋がパカパカしただけで怖がってしまうのを見るに、怪奇巡りに向いていないと思うんだけど。

まぁ、怪奇現象が怖いって気持ちより、不思議なものが気になるって気持ちが大きいってことなんだろうなぁ。

「クラブ活動を止めはしないけど、あまり危ないところに行かないようにね」

俺がそう忠告すると、ヨハンたちはコクリと頷く。

「一応、行く場所を顧問のメリダ先生に報告した上で許可をもらっているんだよ」

ヨハンの言葉に、レイは大きく目を見開く。

「え！　怪奇クラブの顧問の先生って、メリダ先生だったのか」

一つの学年に、担任の先生は二人。

俺たちの学年の担任は、スイフ先生と、メリダ・ディナス先生その人だ。

慌てたり焦ることの多いスイフ先生と対照的に、冷静沈着《れいせいちんちゃく》で動じない先生である。

クラブ活動設立には顧問の先生が必要だけど、まさかそれがメリダ先生だとは思わなかったな。

「僕たちも顧問を探している時に初めて知ったんだけど、メリダ先生は不思議な話に興味があるんだって」

笑いながら話すヨハンに、俺は「へぇ、そうなんだ」と相槌を打つ。

「明日メリダ先生に報告する予定なんだけど、今から気が重いよ」

アルベールは憂鬱《ゆううつ》な顔でそう言って、深いため息を吐く。

そんな時、俺たちは廊下の突き当たりに誰かが立っているのに気がついた。

人影は二つ。窓が近くにないので、顔はよく見えない。

ただ、学校指定のローブを着ているところから、生徒だということはわかる。

俺たち以外にも、まだ残っている生徒がいたんだ。

そんなことを思っていると、その人たちも歩いてくる俺たちに気がついたようだ。

まだ誰かはわからないけど、挨拶をしようかな。

俺が口を開きかけた時だった。

「うわぁぁぁぁっ!!」

奥にいた生徒のうち一人が、叫び声をあげながらこちらに向かって走ってきた。

「な、なな、なんだ!?」

レイが身構え、俺たちも思わず足を止める。

しかし、その走ってくる人物がキトリン先輩だとわかって、俺たちは警戒を解く。

キトリン先輩は俺の目の前で急ブレーキをかけて止まると、俺が腕に抱えていたミュズリを抱き上げた。

「うわぁぁん！　三日もどこ行ってたんだぁぁぁ！　探したんだよぉっ！　良かった、会えて！　もう会えないかと思ったんだよぉぉ！」

泣き叫びながら、ミュズリの顔に頬ずりする。

ミュズリは三日前に脱走したのか。どうりでお腹を空かせていたはずだ。

キトリン先輩の様子には驚くけれど、俺だってうちの子たちが行方不明になったら同じくらい心配する。それだけ不安でいっぱいだったんだろうなぁ。

キトリン先輩は嗚咽《おえつ》をあげ、涙でぐしゅぐしゅになりながら、ミュズリを見つめる。

「どこも怪我してない？　体調崩してない？　はあぁぁ、痩せてるっ！　あの大きかった体が減ってるぅっ！　あぁぁぁ、可哀想に！」

ワシワシと体をさぐられたミュズリは、顔を寄せるキトリン先輩に頭突きをし、俺の腕の中に戻ってきた。

【ワシワシすんなっ！】

そう叫んで、キトリン先輩に向かって「キシューッ！」と威嚇する。

心配のあまり、ちょっと触り方が乱暴になってしまったのがお気に召さなかったようだ。

キトリン先輩は、頭突きされて赤くなった鼻を押さえ、ぽろぽろと涙を流す。

「怒られた……。しかも、テイラ君の腕の中に逃げた……」

ショックを受けているキトリン先輩に、俺はなんて言っていいか困る。

「あ、えっと、多分、少し驚いただけですよ。ミュズリもキトリン先輩に会えて嬉しいと思っています」

そうフォローするも、キトリン先輩はしょんぼりする。

「そうかなぁ。僕が手なずけるのに時間がかかったミュズリを、いとも簡単に魅了するテイラ君だし。ミュズリ小屋《ごや》から逃げたのも、テイラ君の召喚獣になりたかったからかも……」

あぁ、すっかり落ち込んでしまっている。

「そんなことありませんよ。この子は一番元気いっぱいでしたから、冒険したくて出てきただけじゃないでしょうか」

優しく慰めていると、そこへデュラント先輩がやって来た。

キトリン先輩と一緒にいたもう一人の人物は、デュラント先輩だったようだ。

「ナディル、良かったね。ミュズリが見つかって」

デュラント先輩は安堵した顔で、ホッと息を吐く。

涙を拭きながら、キトリン先輩はお礼を言う。

「生徒総長、ありがとうございました。生徒会の皆にも本当にお世話になってぇ。チラシまで作ってもらって……」

見ればデュラント先輩は、チラシの束を持っている。

裏側からでもうっすらとミュズリの絵が描かれているのがわかった。

デュラント先輩はキトリン先輩の肩を、ポンと優しく叩く。

「そんなこと気にしないでいいよ。ミュズリが無事に見つかって何よりだ。手伝ってくれた皆も、喜んでくれると思うよ」

まるで仏様《ほとけさま》のような穏やかな表情に、俺たちは思わず目を細める。

眩しい。デュラント先輩から後光《ごこう》がさして見える。

思わず拝《おが》んでしまいそうだ。いや、キトリン先輩はすでに祈るように手を合わせている。

すると、デュラント先輩はミュズリを抱えている俺に向き直り、ニコッと笑う。

「ここでフィル君たちに会えると思わなかったな。普段なら寮にいる時間だろう？　寮に申請は出してあるのかい？」

「はい。レイがシエナ先生に提出するレポートを、学校に忘れたというので一緒に取りに来たんです。寮長に申請を出しにいったら、僕とカイルも一緒に行ったほうが安心だということで、同行することになりました」

俺の説明を聞いて、デュラント先輩は口元に手を当て小さく笑う。

「なるほどね。じゃあ、その過程でミュズリを保護してくれたのか。見つけてくれて助かったよ。ナディルと生徒会の皆で探していたんだけど、全然見つからなくて困っていたんだ。今もちょうど、ミュズリ小屋の近くだけを探すのではなく、範囲を広げようと相談していたところだったんだよ。どこでミュズリを見つけたんだい？」

尋ねられた俺は、渡り廊下の方角を指で指し示す。

「旧校舎の第一美術室へ向かう途中の、廊下に置いてある壺の中です」

「旧校舎!?　しかも壺の中!?」

ぎょっとするキトリン先輩に、俺はコクリと頷く。

「はい。壺に入って、出られなくなっていたみたいなんです。怪奇クラブの子が動く奇妙な壺を発見したと教えてくれなかったら、僕らも気がつきませんでした」

「怪奇クラブ？　……あぁ、最近発足《ほっそく》したばかりのクラブか」

デュラント先輩が呟くと、怪奇クラブの四人はバッと手を挙げる。

「俺たちです！　顧問の先生からは、探索の許可は得ています！　寮にも申請してあります！」

ビルが元気な声でそう発言し、ウィリアムとヨハンとアルベールはミュズリを発見した時のことを身振り手振りで話し出す。

「僕たちが壺の近くを通ったら、蓋がパカパカして、カンカン音がしたんです！」

「もう心臓が飛び出るほど驚いちゃって。一旦は避難したんですけど、そこでフィル君たちに会ったので、もう一回皆で確認しに行こうってことになったんです」

「カイル君が捕まえて、フィル君がミュズリだと気づいたんですよ」

説明を聞いたデュラント先輩は、苦笑する。

「旧校舎の壺の中かぁ。探していても見つからないはずだ。私たちは中等部校舎と大講堂の中間を探していたからね」

ミュズリ小屋がどこにあるのかまではわからないけど、大講堂の近くにあるのかな。

大講堂は学校敷地内の中央にある。初等部、中等部、高等部の式典を行う場所だ。

中等部校舎から遠いわけではないが、近いわけでもない。

まさかミュズリが、こちらの校舎まで来ていると思わなかったのだろう。

すると、キトリン先輩は再びぽろぽろと涙をこぼす。

「僕のせいだ。このミュズリは、絵画クラブの絵のモデルにするために、一度だけ第一美術室に連れてきたことがあるんだ。そこに向かう途中で、壺に入り込んで出られなくなっちゃったのかも。ミュズリは暗いところや狭いところに入り込む習性があるから」

鼻をすすりながら、ミュズリの頭を撫でる。

「お腹空いただろう？　寂《さび》しかっただろう？」

聞かれたミュズリは、もじもじしながら言う。

【クッキーもらったから大丈夫。まぁ……ちょっと寂しかったけど】

今度は威嚇することなく、撫でるキトリン先輩の手にすり寄っている。

俺はその光景を微笑ましく思いながら、キトリン先輩に言う。

「怪我とか痛いところはなさそうです。さっき僕が作った動物用のクッキーをたくさん食べましたから、今はお腹もいっぱいなはずですよ。あと、埃まみれだったのでブラッシングもしました。軽くだったので、寮のお風呂に入れてさらに洗ったほうがいいと思いますが」

そう言ってミュズリをキトリン先輩へ手渡すと、キトリン先輩の目から滝《たき》のように涙が流れた。

「え、どうしました⁉」

突然のことに俺が困惑していると、キトリン先輩はミュズリを抱きながらスンスン鼻を鳴らす。

「保護の仕方が、至れり尽くせりすぎて感動しているんだ。テイラ君にミュズリを見つけてもらえて良かったよぉ！　ありがとうぅ！」

あ……感動して泣いているのか。びっくりした。

むせび泣くキトリン先輩の背中を、デュラント先輩は優しく撫でる。

「ほら、そんなに泣いてはフィル君も困ってしまうよ。今日はその子を寮に連れて帰って、早く休ませてあげよう」

そのフォローに、戸惑っていた俺もホッと息を吐く。

「一匹で心細かったと思いますから、今日は甘やかしてあげてください」

微笑んで言うと、キトリン先輩は鼻をすすってコクリと頷いた。

デュラント先輩とキトリン先輩が鞄を置いたままだというので、生徒会室に一度寄ってから一緒に寮へ帰ることになった。

二階の生徒会室を出て、一階の玄関口に一番近い階段に向かう。

その道すがら、俺たちは先輩方にレイの土人形の話をすることにした。

話を聞き終えたデュラント先輩は、口元を押さえながらくすくすと笑う。

「あの土人形が、知らないところでレベルアップしていたとは思わなかったな。マクベアーも教えてくれればいいのに」

「レイの土人形のせいで、本当に心臓が飛び出るくらい驚いたんですよ」

ヨハンはそう言って、レイをジロッと睨む。

「驚かせたのは悪かったよ。でも、ヨハンたちが驚いて第一美術室のほうに向かったおかげで、ミュズリを見つけられただろ？　結果的には良かったじゃないか」

レイの話を聞いて、キトリン先輩が唸る。

「確かに、うちのミュズリが助かったのは、土人形のおかげとも言えるか……」

納得するキトリン先輩に向かって、ウィリアムはバッと手を突き出す。

「キトリン先輩、騙《だま》されてはいけません。結果が良かったとはいえ、怪奇話の元になっているのは事実なんですから」

レイはクッと唇を噛むと、デュラント先輩に向かって懇願する。

「デュラント先輩、驚かせたのは反省していますが、悪気があったわけではないんです。どうか、寛大な処置をお願いいたします！」

哀れみを乞《こ》うその姿に、デュラント先輩は少し困った顔で言う。

「ん～、そうだね。いたずら目的なら反省文が必要だけれど、偶然起こったことのようだし……。皆にちゃんと説明をすることと、勝手に土人形を作らないことを約束してくれるならいいとしようか」

レイは表情を一変させて、パァッと笑顔になる。

「デュラント先輩、ありがとうございます！」

「いいんですか？」

釈然としない顔でウィリアムが聞くと、デュラント先輩はフッと笑う。

「別の要因が元で怪奇話ができることはよくあるからね。今噂になっているものの中にも、もしかしたらっていうのがあるよ。たとえば、ここ数年目撃情報が多発している、校舎を彷徨う幽霊の話……とかね」

「えぇ！　あの話って、本物じゃないんですか!?」

ショックを受ける怪奇クラブの四人に、デュラント先輩は微笑む。

「推測だけれどね。……そうだ。確認してみようか。そろそろ現れると思うんだ」

いたずらっぽく提案するデュラント先輩に、俺たちは目を瞬かせる。

「現れる？　確認はどうやってするんですか？」

俺が聞くと、デュラント先輩は人差し指で耳を指し示す。

「ほら……何か聞こえてこない？」

言われた俺たちは、足を止めて耳を澄ませる。

「足音が聞こえますね」

真っ先に答えたのは、カイルだった。

しばらくして、俺たちの耳にもカツン……カツン……カツン……と足音が聞こえてきた。

ゆっくりとしたその足音は、だんだん大きくなっているような気がする。

どうやら、階段のほうから聞こえてくるようだ。

「校舎を彷徨い歩く……幽霊の足音？」

ヨハンはゴクリと喉を鳴らす。

「足音がするくらいだから、実体はあるんじゃないか？」

口元を引きつらせながらレイが言うと、ビルが音のするほうを凝視しながら口を開く。

「本物だったらどうすんだよ」

そんな会話をしていると、カツンッ……と今までよりひと際大きな音が響いた。

このフロアにやって来たようだ。

固唾《かたず》を呑んで様子を窺っていると、階段のある曲がり角から、白く発光する何かが現れる。

「うわぁぁぁっっ!!」

「でたぁぁぁっ!!」

レイとヨハンは叫んでから、ビルの後ろに隠れた。

その後ろに、ウィリアムとアルベール、キトリン先輩までもくっつく。

またもや盾にされたビルは、後ろに張りつく皆に向かって叫ぶ。

「だから、なんでお前らは俺の後ろに隠れんだよっ！　キトリン先輩まで俺を盾にするなんて！」

「僕というより、ミュズリを守ってあげたくて！」

「怖いのは俺も同じなんですけど！」

皆がわぁわぁ騒いでいるうちにも、その発光体は近づいてくる。

全身が発光しているみたいで、眩しくてよく見えない。

なんだかテレビで見た、宇宙人と遭遇した人の回想シーンに似ているな。

明らかに怪しいが、俺は不思議と落ち着いていた。

デュラント先輩は平気な顔をしているし、カイルも訝しげに様子を窺いつつもあまり警戒していないようだ。

何より、コクヨウが退屈そうに欠伸をしているもんね。

それにしても、薄暗いところにいたせいもあるけど、光が眩しいな。

これ以上近づかれたら、さすがに目を開けていられなくなりそうだ。

そんなことを考えているうちにも、その発光体はコツ……コツ……と足音を立てながら、こちらにやって来る。

いよいよ細目で見るのも限界になってきた頃、こちらに到達する手前で、吸い込まれるように光がかき消えた。

目をシパシパとさせていると、俺たちの前で足音の主は立ち止まる。

「なんだ。やかましいと思ったら、お前たちか」

聞き覚えのあるその声、そして気《け》だるげに長い髪をかき上げるその仕草は……。

「シエナ先生⁉」

目の前にいるのは、白いコートを着た鉱石学のシエナ・マイルズ先生。

俺がその名前を出すと、ビルの後ろにいた面々が顔を出した。

「え？　シエナ先生？　あ！　本当だ‼」

レイはそう口にしつつ、嬉しそうな顔で前に出てくる。

カイルはシエナ先生を見て、息を吐く。

「やはり、シエナ先生でしたか。何となく足音でそうじゃないかと思っていたんですが……」

なるほど。予測を立てていたから、落ち着いていられたのか。

デュラント先輩は、シエナ先生に苦笑を向ける。

「校舎を彷徨い歩く幽霊は、やはりシエナ先生でしたか」

シエナ先生は噂を知らなかったようで、眉を寄せる。

「なんだ、その彷徨い歩く幽霊とは」

「少し前から目撃されて、噂になっているんですよ。まぁ、人気《ひとけ》のない校舎を歩き回るのは、シエナ先生くらいじゃないかとは思っていたんですけどね」

そう口にしたデュラント先輩に、シエナ先生は不満げな顔をする。

「私はここに住んでいるんだから、好きに校内を歩き回ったっていいだろう」

シエナ先生は鉱石学の教務担当室を改装し、自宅にしている。

もともとシエナ先生は病弱なデュラント先輩が学校に通えなかった時、話し相手として招かれた人なのだそうだ。

学校に通えるってなってお役御免《やくごめん》となるはずだったけど、デュラント先輩たってのお願いでここの教師として働くことになったのだとか。

そして、ここの教師を務める条件として『任期は五年、学校の一室を自宅として買い取らせること。学校の行事や催事《さいじ》には参加しない、教師としての雑務もしない、授業以外の時間は研究に充てさせること。授業内容に関する指図《さしず》や文句は一切受け付けない』っていうものを出したらしい。

その条件が認められ、シエナ先生はここに住んでいるわけだ。

契約でいくと、あと三年ほどしたら教師はやめてしまうのかもしれないが、教務担当室は買い取っているので、そのまま住むんだろうな。

世界一のステア王立図書館も近くにあって、研究に便利だって言っていたから。

余程のことがない限りは、出て行かないだろう。

シエナ先生は腕組みをして、デュラント先輩に向かって言う。

「それにな、人のいない時間を狙って出歩いているのは、私なりに気を遣った結果だぞ。そいつらのように、鉱石の実験を見られて騒がれたら敵《かな》わないからな」

シエナ先生はレイたちをチラッと見て、フンと鼻を鳴らす。

「鉱石の実験中だったんですか？」

「先ほど、異様に光っていたのは、実験をしていたからですか？」

俺とカイルが尋ねると、シエナ先生はニヤッと笑う。

「ああ、今日は光の鉱石の実験だ。私もついに光の鉱石を手に入れたから使ってみたくなってな。フィルの持っているものほどではないが、それなりに純度が高いんだぞ」

シエナ先生はそう言いながら、つけていたネックレスチェーンを引っ張る。

ペンダントトップには、オレンジ色の鉱石がついているようだ。

新しいおもちゃを自慢《じまん》する子供のように、背を屈めて俺たちに鉱石を見せてくれる。

普段はだるそうな言動を取ることが多いけど、鉱石のことになると本当に生き生きしているなぁ。

「ちゃんと鉱石が見えるか？」

真剣に確認されて、俺たちは頷く。

オレンジ色の鉱石は、俺が持っている鉱石より大きかった。

でも、鉱石に重要なのは大きさではなく純度だ。

不純物が入っていない鉱石のほうが、発動の仕方が同じでも効力が強くなる。

「確かに、純度が高い綺麗な鉱石ですね。それで、光らせて遊んでいたわけですね？」

デュラント先輩にくすっと笑われ、ご機嫌だったシエナ先生はムッとする。

「実験だと言っただろう」

それから、モフ研メンバーである俺とデュラント先輩とカイルとレイを手招きし、声を落として言う。

「実はな、エナの液体と組み合わせた際の持続時間を調べていたんだ」

「エナの液体と？　でも、光の属性のエナを持つ人間でないと、付与できませんよね？」

レイが目を瞬かせて聞くと、デュラント先輩はチラッと俺を見る。

「もしかして、フィル君が付与を？」

「ああ、そうだ。フィルは光の属性を持っているからな、エナの液体に付与してもらった」

俺のエナの液体を使っての実験中だったのか。

なるほど、モフ研だけを手招きした理由がわかった。

エナの液体の情報や使用方法は他の学生も知っていることだが、俺が付与したエナの液体が特別であることは内緒にしているんだ。

「付与する時に、容器は爆発しないんですか？」

心配するデュラント先輩に、俺は微笑む。

「ボイド先生が新しい容器を作ってくれて、今試しているんです」

「えぇ！　すげぇ！　なんで教えてくれなかったんだよ。試しているとこ、見たかった」

拗ねるレイに、俺は肩をすくめる。

「まだ試作段階だからね。絶対に爆発しないっていう保証もないし」

それを聞いて、レイはすぐに真顔になる。

「それはそうだな。試験を終えてからのほうがいいよな。カイルは知って……いたのか」

レイはカイルを見上げ、表情を見て判断したようだ。

カイルはなぜか、うつろな目で俯いていた。

容器の試作品の実験に行こうって誘った時と、同じ目をしてる。

俺の肩を抱き、シエナ先生はいつになく興奮した様子で言う。

「フィルが付与したエナの液体はすごいぞ。他のエナの液体とは、質が違う。持続時間も普通のものより長いし、効力も強くなるようだ」

あぁ、そうか。さっきめちゃくちゃ眩しかった原因がわかった。

俺が作ったエナの液体のせいで、鉱石の効力が高まったわけか。

シエナ先生は漢字を知らないから、おそらく『ひかり』とか『あかり』とかで発動させているはずだ。

その場合、普通はもう少し光が小さいもんね。

「じゃあ、実験は成功ですか？」

わくわくと聞くレイに、シエナ先生は首を横に振る。

「付与も使用もできるが、やはり容器の耐久力はまだまだだな」

ポケットから小瓶《こびん》を取り出して、渋い顔で唸る。

その小瓶には、小さな亀裂《きれつ》が入り、液漏れを起こしていた。

「あぁ、シエナ先生のもダメでしたか？　僕も何度か試してみたんですけど、ダメだったんですよねぇ。付与の時はかろうじて大丈夫ですけど、使用時にヒビが入っちゃいますよね」

シエナ先生はため息を漏らし、小さく舌打ちをする。

「ボイド先生に言って、もう一度改良してもらう必要があるな。エナの液体は再利用可能なのが大きな利点だが、これだともう一度付与したら多分爆発する」

「そうですね。せめて数回はもってくれるといいんですけど」

俺とシエナ先生が相談していると、カイルが小さく手を挙げた。

「盛り上がっているところすみません。この話はその辺までにしませんか。ビルたちも待っていますし」

振り返ると、しょんぼりしているビルたちと、それを慰めているキトリン先輩の姿があった。

「あぁ！　ごめん。待たせちゃって」

焦る俺に、ウィリアムはひらひらと手を振る。

「いや、こっちはこっちで話し合っていたところだったから」

「また怪奇話じゃなかったなぁってさ」

アルベールは力なく笑い、ヨハンはため息を吐く。

「レイの土人形だったり、ミュズリだったり、光るシエナ先生だったり……」

「今のところ、怪奇クラブの成果が何もない」

ビルはそう言って、ガックリと肩を落とす。

「あ、あぁ……」

校舎を彷徨う幽霊は一番目撃情報も多くて、有力な怪奇話だったもんねぇ。

期待を裏切られた彼らに、なんと声をかけていいかわからない。

そんなビルたちの話に、シエナ先生が興味を示す。

「ミュズリの件は、そこにいるミュズリが原因の現象か。レイの土人形というのは、何だ？」

聞かれたので、俺は簡単に説明する。

「レイがマクベアー先輩の三日月熊と一緒に作った、土人形のことです。衝撃が加わると笑ったり動いたりするんですが、それが怪奇話の原因になってしまいまして」

「普通の土人形じゃないですよ。すっごく怖いんです」

ヨハンが付け加えた情報に、レイは口を尖らせる。

「前髪を短くしたら可愛くなるって」

相変わらずの勘違いに、ビルは半眼でレイを見る。

「だから、前髪の問題じゃねぇよ。どうしたら、あれが可愛く見えるんだよ」

「魅力がわからないビルには、何を言っても……ハアッ！」

レイは言っている途中で言葉を止め、突然何かを思い出した様子で声をあげる。

「あのぉ、シエナ先生とデュラント先輩とキトリン先輩に、つかぬことをお伺《うかが》いしたいのですが……」

レイは抱えていた布袋からタオルに包んだ土人形を出す。

そして、タオルを土人形の顔の上半分だけ捲《めく》る。

その時に衝撃が加わったのか、土人形から『ぁはは……はは、ぅふふふ……ふ』とくぐもった笑い声が聞こえる。

クリアな声より、くぐもっているほうがより不気味だ。

なんの気なしに覗き込んだキトリン先輩が、ミュズリを抱えて三歩後ろに下がった。

レイは抱っこしている赤ちゃんの顔を見せるかのように、シエナ先生たちに土人形を見せる。

「この土人形に魅力を感じませんか？」

わくわく顔で、レイは尋ねる。

これ、魅力を感じるって答えたら、保管してもらうつもりじゃないか？

俺は慌てて、レイと三人の間に割って入る。

「シエナ先生、キトリン先輩、デュラント先輩。何でもないです！　聞かなかったことに！」

シエナ先生を相手に頼もうなんて、なんて怖いもの知らずなんだ。

キトリン先輩だって、今夜はミュズリを部屋に泊まらせる予定なのに……。

土人形が部屋にあったら、ミュズリもキトリン先輩も安心して過ごせないだろう。

それに、デュラント先輩はまずいってあれほど言ったじゃないか。

土人形事件を大目に見てくれたんだぞ。保管までお願いしたらダメだって。

カイルは土人形を抱えるレイに詰め寄る。

「レイ、お前なぁ」

眉間にしわを寄せて、カイルはレイの頭を拳でぐりぐりと押す。

「いたたたた！　ね、念のためだってばぁ！」

そんな俺たちのやり取りを見て、デュラント先輩は不思議そうに首を傾げる。

「魅力というか、新しい土人形に興味はあるよ」

……まぁ、それはなんとなくわかっていたけれども。

前のバージョンの土人形を見せた時も、興味津々ではあったもんね。

だからって、生徒総長に預けるのはさすがになぁ……。

俺が悩んでいると、シエナ先生はレイの抱えている土人形を覗きながら言う。

「召喚獣の能力に関しては門外漢《もんがいかん》だが、面白い観察対象ではあるな」

シエナ先生とデュラント先輩を見ていると、この師匠にして、この弟子《でし》ありだなぁなんて思ってしまう。

それを聞いたレイは、パァッと目を輝かせて言う。

「目の高いお二人なら、この土人形の魅力をわかってくれると思っていました！」

二人は『興味がある』とか『面白い』って思っているだけで、魅力的とは言ってないんだけど……。

訂正を入れようと思っていたところに、シエナ先生が尋ねる。

「で？　魅力を感じるか聞いてどうする。フィルはなんで聞かなかったことにしてくれと言ったんだ？」

シエナ先生はグレーの瞳で、じっと俺の目を見つめる。

何かを見定めるかのように人を見るのは、シエナ先生の癖だ。

その目で見つめられてしまえば、誤魔化せる気がしない。

俺は仕方なく、重い口を開く。

「あの、実は……寮に持ち帰って、怪奇事件の件を説明したあと、この土人形は土に戻す予定なんです。でも、今マクベアー先輩が課外授業で学校にいないので、すぐにできそうになくて……」

「あぁ、高等部では郊外で課外授業をやっているんだよね。マクベアーが戻ってくるまで、少なくとも数日は保管する必要があるのか」

早くも察したデュラント先輩に、俺はコックリと頷く。

そんな俺に続いて、カイルが説明をする。

「今回怪奇話にまでなってしまったわけですし、管理は必要だと思っているんです。しかし、召喚獣の関係から、レイや俺たちの部屋には置いておくことができないですし、他の人に頼むのも難しそうで……」

キトリン先輩はレイが抱えている土人形を見て、声を漏らす。

「あぁ……なるほどぉ」

レイはデュラント先輩とシエナ先生に向かって、にっこりと笑う。

「この土人形の魅力をわかってくれる人を探しているんです！　気に入ってくださる人なら、部屋で保管してもらえるんじゃないかと思いまして」

そんなレイに、ヨハンたちは顔を強ばらせる。

「そう思っても、それをデュラント先輩たちやシエナ先生に実際に聞けるのがすごいよ」

すっかりドン引いている。俺もそうだし、多分カイルやキトリン先輩も同じ気持ちだと思う。

シエナ先生は説明を聞いて、「ふぅむ」と唸る。

「引き取り手がいないのなら、私が保管しても構わないよ」

その発言に、俺たちは「え！」と声を揃えて驚く。

「いいんですかぁ！」

レイが顔をほころばせて聞くと、シエナ先生は頷いた。

「あぁ、さっきも言ったように、面白いからな」

「やった！　やった！」

レイは土人形の包みを、何度も上下に高く振って喜ぶ。

その衝撃で、土人形が再び不気味な笑い声をあげている。

キトリン先輩は精神の安定を求めて、きゅっとミュズリを抱きしめていた。

デュラント先輩は心配そうに、シエナ先生に尋ねる。

「本当に大丈夫ですか？　シエナ先生は今、研究が立て込んでいるでしょう？　置く場所はありますか？」

シエナ先生は研究が忙しくなればなるほど、本や資料などを机の上に散乱《さんらん》させてしまうのだ。

研究している時は手出ししないが、研究が落ち着いた頃合いを見てそれを片づけるのが、お掃除大好きなデュラント先輩の習慣である。

学校や寮は専門の清掃業者が入るので、好きに掃除ができるのが自室とシエナ先生の仕事部屋だけらしいんだよね。

「机や棚に置いた書類が雪崩《なだれ》を起こし、土人形に衝撃を加えて校舎の中に笑い声を響かせることになるんじゃないですか？」

静かな声で言われ、シエナ先生は不機嫌な顔になる。

普段は相手が誰であろうが、自分の意見を主張するシエナ先生。

だが、掃除に関することをデュラント先輩に言われた時は違う。

シエナ先生は掃除を頼んでいるわけではないと言いつつも、綺麗にしてもらっている手前、あまり強く言い返せないようなのだ。

「結局校舎に笑い声が響くことになるなら、私が預かったほうがいいかと思うんですが」

諭すデュラント先輩に、シエナ先生はフンと鼻を鳴らす。

「余計な心配は無用だ。私が預かると言っている」

そう言って、レイが抱えていた土人形を奪い取った。

挑発的《ちょうはつてき》な態度に、デュラント先輩は困り顔で息を吐いた。

そんな二人のやり取りを見て、レイははわはわと興奮していた。

「なぁ、すごいぞ！　俺の土人形を取り合っているっ！」

レイは小声で言って、ビルの肩をペシペシと叩く。

取り合っているっていうのとは、ちょっと違うと思うんだけど……。

多分、デュラント先輩はシエナ先生を気遣ってのことだろうし、シエナ先生は対抗してムキになっているだけだと思う。

シエナ先生は土人形のおでこを叩いて、笑うのを観察しながら言う。

「ちなみに、笑い声が外に漏れる件に関しては、問題ない。私の寝室に置けばいいからな。寝るのを邪魔されたくないから、あの部屋は壁を分厚くしているんだ」

シエナ先生の寝室は、仕事場である教務担当室の隣に作られている。

あの部屋って、防音になっているのか。それなら、音漏れの心配はないのかも。

とはいえ……あの土人形を、寝室に置く気なのか？　安眠できるのか？

眠ることができたとして、何かの拍子にぶつかって土人形が笑い声を出した時に、起こされたらたまったものではないんじゃないかな。

シエナ先生が譲らなそうなので、デュラント先輩は仕方ないとばかりに息を吐く。

「わかりました。では、今日は学校側に事情を説明するために寮に持って帰るので、私が預かります。明日からシエナ先生にお願いしていいですか？」

妥協案を聞いて、シエナ先生は「いいだろう」とニヤリと笑い、デュラント先輩に土人形を手渡した。

「……ということだけど、いいかな？　レイ君」

デュラント先輩が聞くと、首が取れるのではないかというくらいにレイは大きく頷く。

「本当に助かりましたぁ！」

保管先が見つからなかったら、どうしようかと思っていたもんな。

恐れ多さは感じるものの、デュラント先輩とシエナ先生が引き受けてくれて良かった。

喜ぶレイを見つめ、俺とカイルは揃って安堵の息を吐いた。

7

シエナ先生と別れた俺たちは、校舎を出て寮へ向かって歩いていた。

「すっかり暗くなっちゃったね」

ヨハンは空を見上げて、ため息を吐く。

旧校舎にいた時は夕暮れ色に染まっていた空も、今やすっかり暗くなっている。

特に、今日は新月だから余計に暗く感じるな。

「まさか、こんなに遅くなるとは思わなかったな」

そう言ったレイを、コクヨウが「ガルル」と唸りながら睨む。

【お前に文句を言う資格はない。プリンの時間が遅れているのは、全てお前のせいではないか】

「なんで唸ってるんだ？　ほらほら、可愛い顔が、怖い顔になってるぞぉ」

よせばいいのに、レイはコクヨウに向かっておどけた口調で言う。

案《あん》の定《じょう》それがコクヨウをイラつかせたらしく、「ガウッ！」と吠えられた。

「うぉっ！　なんでそんなに俺に怒ってるんだよぉ」

レイは怯んで、カイルに助けを求める。

カイルはため息を吐いて、そんなレイを軽く押しのけた。

「レイのせいでプリンを食べる時間が遅れているんだから、コクヨウさんが怒るのも当然だろう」

俺はコクヨウを抱き上げて、落ち着かせるように撫でる。

「本来はとっくに食べている時間だからね。遅れるとコクヨウは機嫌が悪くなるんだよ」

そう言うと、ウィリアムは大きく頷いた。

「怒りたい気持ちはわかる。僕たちや先輩たちはそれぞれクラブ活動とかの用事があったからだけど、フィル君とカイル君に至ってはレイの忘れ物に付き合って……だもんね」

それを言われると何も言い返せないのか、レイはバツの悪そうな顔で謝る。

「わ、悪かったよ。フィルやカイルやコクヨウに、何かお礼するからさ」

そんなレイに向かって、俺の肩に乗っていたコハクが、「ピヨ！」と鳴いた。

自分もいるとアピールしているんだろう。

「はいはい。わかってるよ。コハクにもな」

諦めた顔で、レイはコクコクと頷く。

そんなタイミングで、レイのお腹からぐぅぅと音がした。

「……お腹空いたな」

レイがお腹をさすりながら言うと、ビルもそれに同意する。

「俺も。精神的に疲れたせいか、剣術クラブでへとへとになった時と同じくらい腹が減ってる気がする」

そんな彼らに、俺はくすくすと笑う。

「皆、叫んだり走ったりしていたもんねぇ。僕もいつもより夕食が遅くなっちゃったから、お腹空いたよ」

寮の食事は定められた時間内だったら、いつでも利用できる。

夕飯はクラブ活動で遅くなる生徒もいるので、利用時間は五時から九時くらいまでと結構長い。

モフ研はクラブ活動を遅くまで行うことはほとんどないので、俺とカイルとレイはだいたい五時から六時台に食事を摂ることが多い。

「デュラント先輩は、いつも夕食が遅いですよね」

俺たちが夕飯と入浴を済ませ、談話室で皆と話をしている頃、生徒会の人たちと食堂に入っていく姿をよく見かける。

俺の言葉に、デュラント先輩は苦笑する。

「イベントや行事があって、生徒会の仕事が立て込んでいる時期はどうしてもね」

立て込んでいる時期と言っても、忙しくない時期なんてほとんどないよね。

うちの学校の行事は結構規模が大きいから、短くて一か月、長くて半年くらい時間をかけて準備する。

俺とカイルはそのお手伝いをしたことがある。俺たちはあくまでもお手伝いなので、早く帰らせてもらっていたけど、生徒会の人たちは遅くまで残っていたみたいだった。

本当に生徒会は大変そうだよねぇ。

俺が生徒会役員に誘われても頷けないのは、その多忙さのせいでもあるのだ。

やりがいはあると思うが、趣味の時間や召喚獣の皆や友達と遊べる時間がなくなるのは辛《つら》いもんなぁ。

そんなことを考えていると、デュラント先輩が俺たちに向かって微笑んだ。

「そうだ。少し近道をしようか」

「近道なんてあるんですか？」

俺が首を傾げると、デュラント先輩は頷く。

「ここを行った先に、庭園があるだろう？　その中の小道を通ると早いんだ」

ステア固有種の草花《くさばな》が植えられている庭園は、俺もたまに行くことがある。

植物の勉強にもなるし、花が咲く時期はいい香りがして安らぐんだよね。

「確かに、あの庭園を突っ切ったら早そうですね」

「うん。でも、あの場所には灯《あか》りが置いてないから、この時間に一人では通ることはないけどね。今日はこの人数だし、フィル君の召喚獣がいるから大丈夫じゃないかと思って」

デュラント先輩はそう言って、俺の肩に乗ったコハクに向かって微笑む。

コハクは任せてくれというように、バッと翼を広げ、フンスと鼻息を吐く。

「近道しましょう！」

お腹を空かせたレイたちも、デュラント先輩の提案に賛成のようだ。

意見がまとまったので、俺たちは大通りから外れて庭園のほうへと向かった。

庭園の入り口にあるアーチを潜ると、いろんな花や植物が俺たちを迎えてくれる。

今の時期は、夏の花が多く咲いている。

デュラント先輩の言っていた通り、外灯がないから、コハクの光が届かない範囲は真っ暗だ。でも、その暗さのおかげか、花の香りがより敏感に感じ取れる。

昼の庭園もいいが、夜の庭園も風情《ふぜい》があって素敵だな。

そんなことを思いながら歩いていると、隣を歩いていたヨハンが突然「ひぃっ！」と声をあげ、立ち止まった。

その声に驚いて、俺たちも何ごとかと足を止める。

「どうかしたのか？」

ビルが尋ねると、ヨハンは震える手で横道を指さす。

「あ、あの木の……木の陰に……」

全員の視線が、ヨハンが指さす木に集まった時。

四つん這《ば》いの大きな何かが、のそりと木の陰から出てきた。

動物……犬か狼だろうか。体長一メートルくらいある。

そして、その首元は鈍く暗い赤色の光を帯《お》びていた。

「首が……赤く光ってる」

血では……ないよな？

コハクのように体が発光する動物がいないわけではないが、首元だけが光る動物も赤い光を発する動物も聞いたことがない。

指をさしたままのヨハンが、震えながら言う。

「あ、あれって、怪奇話の魔犬じゃない？」

新月の夜に人を襲うという、怪奇話の魔犬か。

確かにあの禍々《まがまが》しい赤黒い光は、魔犬という名にふさわしいかもしれない。

今日が新月だってわかっていたのに、なんで忘れていたんだろうか。

新月に現れるとは聞いていたが、まさかこんなところで遭遇することになるとは……。

俺は魔犬を正面に捉えながら、ふと疑問に思う。

そもそも、魔犬ってなんだろ。どういう類《たぐい》のもの？

何となく怪奇話ってことで受け入れちゃったけど、魔獣とは多分違うんだよな？

異様な雰囲気ではあるけど、魔獣特有の気配は感じられないし……。

何より腕に抱えているコクヨウが、魔犬を前にしているにもかかわらず、スンとした顔をしている。周りに皆がいなかったら、『どういう感情？』って聞いていたとこだ。

多分、脅威を感じるような相手ではないっていうことだと思うんだけど……。

俺は目を凝《こ》らして、魔犬を観察する。

距離があるし暗くてよく見えないが、シルエットはわかる。

……立派な毛並みだな。すっごくモフモフしてる。背中とかに顔を埋《うず》めたら気持ちよさそう。

俺がフラリと一歩前に出ると、カイルが驚いたような声を上げて俺の腕を掴む。

「フィル様!?　なんで近寄っていっているんですか！」

「あ……いや、なんかボリュームがあって触り心地良さそうだなって思って、つい」

そう話す俺に、レイは信じられないという顔をする。

「魔犬までモフりたいのかよ！」

次いで、ヨハンが頭を抱える。

「きっと魔犬がフィル君にモフモフの魅了《チャーム》をかけているんだぁ！」

混乱しているヨハンに、俺は「落ち着いて」と言いつつ宥める。

「別にかけられていないから。まぁ、モフれるなら、モフりたいけれど」

思わず正直な気持ちを口にする俺に、ヨハンは涙目で叫ぶ。

「それが魅了にかかってる証拠なんだってぇ！」

「ヨハン、これがフィル様の平常なんだ」

カイルは『わかってくれ』と、ヨハンの肩に手を置く。

えぇ、他の人はモフれる隙があったら、モフりたくならないの？

だって、遠目からでも毛並みが綺麗に整えられているのがわかる。

特にあの三本の尻尾が綺麗だよね。とっても、フサフサしていて――。

そこまで考えていて、俺はふと首を傾げた。

ん？　三本の尻尾？　……三本の尻尾であの毛並み。

……ハッ！　魔犬ってもしかして!!

俺がその正体に気がついた時、魔犬がダッと地を蹴った。

すごい勢いで、こちらに向かって走ってくる。

「あ、あれは……」

カイルも向かってくる魔犬が、なんなのか気がついたみたいだ。

「皆、大丈夫だから動かないで――」

俺がそう指示を出している途中で、レイは抱えていたレポートの束と土人形を地面に落とした。

タオルや布袋に入れていても衝撃が加わったのだろう、布越しにまたあの不気味な笑い声が響き渡る。

それが余計にパニックを誘発したのか、レイとヨハンが脱兎《だっと》のごとく走り出した。

「「わぁぁぁぁ！　魔犬だぁぁぁっ!!」」

その声につられて、ウィリアムとアルベールがヨハンたちを追いかけ、最後にビルも走り出す。

「「「うわぁぁぁ!!」」」

「あぁ！　皆、走ったらダメだって！」

そう声をかけるも、止まってくれるはずもなかった。

【あやつら、逃げ足だけは速いな】

コクヨウは妙に感心した声で言う。

魔犬は俺たちを飛び越え、まず最後尾のビルを捕まえて舐め、次にウィリアムとアルベールを捕まえて舐め、先頭を走っていたレイとヨハンを捕まえて舐めまくる。

「な、なんだ？　今、何が起こったんだ？　俺、舐められた⁉」

ビルは頬を触って、目を瞬かせている。

ウィリアムとアルベールは襲われて喰われると思ったのに舐められたので、ポカンとしていた。

俺とカイルはそんな三人の横を通りすぎ、未だに舐められ続けているレイとヨハンのところへと向かう。

レイとヨハンは芝生の上に転がされて、交互にペロンペロンと舐められていた。

「うわっぷ！　よだれがすごいぃぃっ！」

「ひぃぃ、魔犬に味見されてるぅぅ！」

二人は舐められ攻撃を避けようと、ジタバタともがいていた。

まだ混乱しているみたいだなぁ。魔犬が何か気づいてないみたい。

俺は小さく息を吐いて、二人を襲っている魔犬に声をかける。

「カトリーヌ、もうその辺でやめてあげて」

名前を呼ばれて、カトリーヌは嬉しそうな顔でこちらを振り向いた。

【はぁぁい！　わかったぁ！】

カトリーヌは元気な声で「ウォンッ！」と吠えた。

「……へ？　カトリー……ヌ？」

じたばたしていたレイはピタリと動きを止めて、自分にのしかかっているものを改めて見上げる。

「……ペロリーヌじゃん！」

そう。魔犬だと思われていたのは、シーバル・ゼイノス中等部学校長の召喚獣であるカトリーヌ。生徒が大好きすぎて、生徒を見つけては飛び掛かって舐めるので、生徒たちからペロリーヌという あだ名で呼ばれている。無邪気で優しい性格の子である。

カトリーヌは探音犬《たんおんけん》という音属性の大型犬で、数十キロ先の音を聞き分け、人や動物を探し出す能力を持っているんだよね。

どこにいたのかわからないが、俺たちの音を聞いてここに来たんだろうな。

「なんだ、ペロリーヌかぁ。魔犬かと思ったのにぃ」

一度頭を上げたヨハンだったが、気が抜けたのか再び庭園の芝生に仰向けで寝転がる。

そこへ、デュラント先輩たちやビルたちもやって来た。

恐れ多くも、デュラント先輩はレイが落とした忘れ物を回収してきてくれたようだ。

ビルはカトリーヌを指さして叫んだ。

「あ、ペロリーヌ！　だから舐められたのか！」

デュラント先輩は合点がいったという顔で、俺に言う。

「そうか。だから、さっきフィル君は動かないようにと指示を出したんだね？」

俺は「はい」とコックリと頷き、そして走って逃げた五人に向かって言う。

「動物に遭遇した時は、走って逃げちゃダメなんだよ」

「レイには子ヴィノとのボール投げの時に教えただろう。追いかけられたのを忘れたのか？」

呆れた様子で言うカイルに、レイは眉を寄せる。

「子ヴィノは我慢できても、魔犬だぞ？　普通、逃げるだろうが！」

頬を膨らませるレイに、俺は困り顔で言う。

「たとえ魔犬でも動物であれば、走って逃げるのは命取りな気がするけどなぁ。走る姿は狩りの本能を刺激するんだから。それに、焦って走ると転ぶこともあるし、怪我をすることもある。そこを襲われたら、ひとたまりもないよ」

俺の話を聞いて、キトリン先輩は大きく頷いて同意する。

「動物と接する時の基本だよね。草食動物のミュズリだって、背を向けて走る相手は弱い人間だと判断するのか、大群で追突してくるからね。ミュズリ研究を始めた当初は、ミュズリの圧に負けて走って、よく追突されたものだよ」

キトリン先輩は腕に抱えたミュズリを見つめ、懐かしそうに語った。

【あれ面白かったよなぁ！　小屋に帰ったらまたやるか！】

ミュズリがわくわくとした顔で、キトリン先輩に言っている。

どうしよう。あのミュズリが小屋に戻ったら、思い出の再現が行われるかもしれない。

「カトリーヌは逃げると遊んでもらっていると勘違いするから、一番遠くへ逃げたレイとヨハンをたくさん舐めたんだろうな」

そう推測するカイルに、レイとヨハンはため息を吐く。

「だからこんなに舐められたのか……」

「一番舐められた気がする」

そう言って、嫌そうな顔でよだれだらけの顔を拭った。

デュラント先輩はそんな二人から、俺へと視線を移す。

「それにしても、フィル君は本当に対応が速かったよね。カトリーヌだってすぐわかったの？」

デュラント先輩は感心した顔で、俺に尋ねる。

「走ってくる少し前ですかね。尻尾の数と形、それから毛並みでわかりました」

探音犬は尻尾が三本という特徴がある。

それに、カトリーヌはよく撫でさせてもらうから、毛並みに覚えがあったんだよね。

俺がそう答えると、レイと怪奇クラブの四人は唖然《あぜん》とする。

「毛並みって……あんなに暗かったのに……。モフらなくてもわかるのか」

そんなに引かないで欲しい。

「たまたまだよ。僕だってこんな時間にカトリーヌがいるなんて思っていなかったし」

俺が肩をすくめると、デュラント先輩が言う。

「そういえば、散歩中に生徒を舐めるから、学校長が散歩の時間帯を変えると言っていたかもしれない」

俺はコクヨウを下に下ろし、カトリーヌの頭を撫でる。

「カトリーヌはお散歩中？　学校長はどこにいるの？」

尋ねると、カトリーヌはあたりを見回して言う。

【あれ？　おじーちゃんどこかな？】

おじーちゃんとは、カトリーヌの主人である学校長のことである。

一通り見回して、カトリーヌは元気よく「ウォン！」と吠えた。

【わかんないっ！】

カトリーヌは生徒を見つけると、一直線に走って行くからなぁ。

学校長はどっかに置いて行かれたのかも。

「フィル君、カトリーヌの首元が赤く光っているのは何なのかな」

デュラント先輩に言われ、俺は首の毛をかき分けて確認する。

「首輪が光っているみたいですね。熱くないです」

首輪を触ってみても、熱は感じられなかった。

小さなライトがくっついているとかではなく、紐自体が赤く発光しているようだ。

光は特段強いわけではないが、暗闇の中では結構明るく見える。

デュラント先輩は興味深そうに、首輪を見つめる。

「熱くない？　どういう仕組みで光っているんだろう。でも、熱くないならカトリーヌにも安全だし、夜でもどこにいるかわかるね」

【うふふ、おじーちゃんからもらったの！　新しい首輪でお散歩、いいでしょ～】

カトリーヌは自慢げに言って、尻尾をブンブンと振る。

すると、一緒にカトリーヌを覗き込んでいたカイルが、何かに気づいて顔を上げた。

カイルの視線を辿ると、ゼイノス学校長がゆったりとした走りでこちらにやって来るのが見えた。

少ししてこちらに到着すると、学校長はハフハフ息をしながら言う。

「はぁはぁ……良かった、カトリーヌ。はぁはぁ……そうか、生徒が……はぁはぁ……いたのか……はぁはぁ」

慌ててカトリーヌを追いかけてきたんだろう。疲労困憊《ひろうこんぱい》といった様子である。

普段走ることは滅多にないだろうからなぁ。

俺たちは心配になって、学校長の肩や背中をさする。

「学校長、大丈夫ですか？」

学校長はコクコクと頷きながら、ゆっくりと息を整える。

ようやく落ち着いた頃、学校長は胸を押さえて「ふぅ」と息を吐いた。

「いやぁ、すまない。カトリーヌを捕まえてくれてありがとう。この時間なら生徒はいないだろうと油断していた。命令して制止すればよかったんだが、そんな暇もなくあっという間にいなくなってしまってのぅ」

そう話して、学校長は目尻に笑い皺《じわ》を作る。

レイとヨハンは恨めしげな顔で、学校長に訴える。

「暗がりで正体がわからないし、たくさん舐められて、俺たち、びっくりしたんですよ」

「怪奇話の魔犬かと思ったんですから」

口を尖らせる二人に学校長は一瞬キョトンとして、それから噴き出した。

「ふぉっふぉっふぉっふぉ！　カトリーヌが魔犬かぁ！　これは可笑しい！　ふぉっふぉっふぉ！」

学校長は大きく笑っていたが、よだれで顔がテカテカしているレイとヨハンに半眼で睨まれて、一つ咳払いをする。

「あ……その、驚かしてすまなかったのぅ」

そう言って、二人に綺麗なハンカチを二枚差し出した。

カトリーヌも学校長に続いて二人に謝る。

【ごめんね。誰もいないと思っていたら人がいたから、嬉しくなっちゃったの】

無邪気な顔で、舌を出してヘッヘッと息をするカトリーヌを見て、レイたちもそれ以上怒れなくなったようだ。ため息を吐いて、学校長からハンカチを借りる。

デュラント先輩は首輪を指して、学校長に尋ねる。

「この首輪が赤く光っていたので、魔犬と勘違いしたのですが……。これはどういう仕組みなんですか？」

学校長はにっこり笑って説明してくれる。

「あぁ、これか？　これは光る茸《きのこ》から抽出した液体を糸にしみ込ませ、その糸で編んで作った紐じゃよ。昼に太陽光を当てておけば、暗くなってもしばらく光ってくれる」

太陽の光を溜めて、暗くなると光る液体……。蓄光塗料《ちっこうとりょう》みたいなものか。

「月がある時はいいが、今日のように新月だと真っ暗だからのぅ。夜に散歩すると言ったら、カトリーヌを見失わないよう、ボイド先生が作ってくれたんじゃ」

さすが、発明家のボイド先生。何でも作っちゃうんだな。

新月の時に目撃情報があったのも、これが理由か。

レイは首輪を触りながら言う。

「その液体をしみこませると、この赤い色になっちゃうんですね……。赤以外の色ってないんですか？　違う色なら、魔犬って勘違いしなかったのに……」

拗ねた様子でそう口にするレイに、ヨハンたちも大きく頷く。

確かに、せめて黄色とか青とかなら、まだそこまで驚かなかったよね。

しかも赤は赤でも、明るい赤ではなくちょっと黒っぽい赤だったのもまずかった。それが首元で光ると、どうしてもホラーみを感じてしまう。

学校長は白くて長い顎髭《あごひげ》を触って、目を細めて言う。

「残念ながら、色は変えられんらしい。使っている茸が、赤い毒《どく》キノコらしいからのぅ。毒があることを知らせる危険色なのだろう」

「毒キノコの液体⁉」

レイはぎょっとして、首輪を触った手を服で拭く。

その様子を見て、学校長は笑った。

「毒は毒でも抽出した段階で無毒になっているから、安心しなさい。でなければ、カトリーヌの首につけることも、わしが持つこともできんよ」

レイはほぅっと胸を撫で下ろす。

笑顔でカトリーヌを撫でた学校長は、俺たちを見回して言う。

「それにしても、皆はこんな時間にこんなところで何をしておるのじゃ？」

学校長に聞かれ、デュラント先輩は帰りが遅くなったので近道をするためにここに来たと話す。

顎髭を触りながら、学校長は「そうか、そうか」と頷く。

「それでは、カトリーヌのせいでかなり足止めしてしまったのぅ。寮まで送っていこうか？」

その提案に、デュラント先輩は首を横に振った。

「人数も多いですし、ここを通ればあと少しなので大丈夫です」

学校長は俺たちの顔を見て、にっこり笑う。

「そうか、気をつけて帰るんじゃぞ。では、我々は散歩に戻るとするか。行こうか、カトリーヌ」

学校長がそう声をかけると、カトリーヌは「ウォン！」と返事をする。

それから、カトリーヌは俺たちに向かって、尻尾を振りながらもう一度「ウォン！」と吠えた。

【また遊んでねぇ】

俺は笑って、カトリーヌに手を振った。

学校長が赤い魔犬・カトリーヌと並んで、来た道を戻っていく。

黒いローブを着た魔法使いみたいな格好をしているから、魔犬が妙に似合うなぁ。

ハロウィンとかでいてもおかしくないような、一人と一匹である。

「じゃあ、寮に帰ろうか」

そう言うデュラント先輩に頷き、俺たちは寮に近い庭園の出入口へと向かう。

庭園には出入口が四か所あって、南口と北口は三人並んで通れるほど大きいが、東口と西口は一人分の幅《はば》しかない。寮に近い出入口は、その狭いほうの東口だ。

出入口に近づくと、手前にアルメテロスの石膏像《せっこうぞう》が見えてきた。

古代語で『知の王』という意味を持つアルメテロスは、ステア王国の伝説の鳥だ。頭が三つあり、王国の紋章や、学校の校章にも使われている。

庭園の東西南北《とうざいなんぼく》に、それぞれポーズの違うアルメテロスの像が設置されているんだよね。

東は右翼《うよく》を広げたポーズ、西は左翼《さよく》を広げたポーズ。北は翼を閉じ、南は両翼を広げたポーズになっている。石膏像のポーズで、どの入口かわかるようになっているのだ。

東口を出て、寮に向かって少し歩いた時だった。

隣を歩いていたカイルが、前方を見て呟く。

「あんなところに、像なんかありましたっけ？」

コハクの光は皆の足元を照らしているので、進行方向の二、三メートルほど先しか見えない。

だが、カイルは夜目が利くので更に先が見えるのだ。

「この辺に、像はないはずだけど……」

記憶を呼び覚ましながら俺がそう答えると、カイルは前方の植込《うえこ》みの奥にある木陰を指し示す。

「じゃあ、あれはなんですかね？」

「コハク、もう少し明るくしてくれる？」

コハクに言って光を強めてもらうと、カイルが言う通り、そこには石の立像が置いてあった。

背中を向けた男性の石像だ。

タンクトップのような肩がむき出しの衣装を着ており、片腕を天に掲げている。

「ここら辺で……というより、あんな姿をした像は見たことないね」

デュラント先輩がそう呟くのを聞いて、ウィリアムが尋ねる。

「新しく設置したんですかね？」

「ん〜新しく石造を設置するなんて話、聞いたことがないけど」

訝しげな顔で首を捻り、デュラント先輩はそう答えた。

レイは石像を見つめながら、ゴクリと喉を鳴らした。

「あの石像、おかしくないですか？　新しく設置するにしても、通りに背を向けて置きますかね？　普通は顔が見えるように、目立つ場所に置かないですか？」

レイが言うことには、一理ある。

木陰にひっそりと、通りに背を向けた状態で置いてあるのには違和感を覚える。

しかも、普通の石像は台座に載せられていることが多い。なのに、あの像は地面に直置《じかお》きされているようだった。
着ている服が普段着っぽいのも珍しいよなぁ。
実在する人を石像にする時は、立派な服を着ていることが多い。
たとえば、王様なら王族の着る立派な服だし、武人なら鎧《よろい》、学者ならローブとか。
そう考えるとこの像のモデルは、一般の人なのかな？
俺たちは少しだけ近づき、植木越しに石像を観察する。
近くで見ると、背筋《はいきん》と上腕《じょうわん》二頭筋《にとうきん》がすごい。
「何なんだろうなぁ、この石像」
レイが植木の向こうの石像を覗き込む。
その時、石像が急にこちらを振り返った。
「「うわっ!!」」
突然石像が動いたことにびっくりして、俺たちは短い叫び声をあげ、距離をとる。
え！　何!?　誰、誰、誰!?
こわっ！　なんで全身灰色の人が、こんなところに!?
理解できない状況に、ブワッと鳥肌が立つ。
屈強そうな相手を前にして、どう対処すべきか思考を巡らせる。

まず俺とカイルとコクヨウで足止めして、デュラント先輩たちを先に逃がさなきゃ。幸いにも寮が近いから、そこへ避難を――……。

そんなことを考えていると、灰色人間からも驚愕した男性の声が返ってきた。

「わぁ！　びっくりした！　もぉぉ、誰かと思ったわ！　人の気配がして振り返ったら、いっぱいいるんだもの！」

身構えていた俺は、聞き覚えのある声と口調に目を瞬かせる。

「……え？　あれ？」

色こそ灰色だが、よく見れば見知った顔だ。

俺たちが受講している調理の担当教諭、スティーブ・ゲッテンバー先生である。

「ゲッテンバー先生？」

名前を呼んだものの、ちょっと自信がない。だって、全身灰色なんだから。

俺の呼びかけに、ゲッテンバー先生は白い歯を見せて笑う。

「は～い！　そうよ。フィル君たち、今帰り？　今日はずいぶん遅いのねぇ」

ニコニコと笑いながら、植木を乗り越えて近づいてくる。

目の前の灰色人間がゲッテンバー先生ってわかっても、ちょっと後ろに下がりたくなってしまう。

そんな風に思われていることには気づいていないようで、ゲッテンバー先生はのほほんと会話を始めた。

「驚いた。まさかこんなところで皆に会うと思わなかったわぁ」

それはこちらのセリフである。

まさか石像化したゲッテンバー先生に会うなんて、夢にも思わなかった。

「どうりで筋肉が素晴らしいと思った」

カイルが息を吐いて、ポツリと呟く。

ゲッテンバー先生は調理の先生だけど、ボディビル選手のように美しい、見事な肉体を持ってらっしゃるんだよね。

料理をするにもパワーが必要だから、鍛えているんだとか。

芸術的な身体なのはわかっていたけど、本当に石像と見間違うとは……。

俺たちはゲッテンバー先生の頭のてっぺんから、つま先までをまじまじと見る。

着ているタンクトップは灰色、ズボンやロングブーツも灰色、元々赤かった髪の毛の色も灰色、そして肌の色も灰色に塗《ぬ》られていた。

普段は可愛いピンク色を好んで着ているのに、なんでこんな灰色に染まっているんだろう。

そしてなぜ、そんな格好《かっこう》で、人のいない木陰でじっとしていたのか。

石像の真似をして誰かを驚かそうとするにしても、もう少し人通りのある場所や時間じゃないと意味ないよな？

事情を聞いてもいいんだろうか。

質問したいことはたくさんあるが、どう聞いていいか迷う。

すると、レイがゲッテンバー先生の顔を窺いつつ尋ねる。

「ゲッテンバー先生って、そんなに灰色が好きでしたっけ？」

少し遠回しであるが、聞きたいことの核心に近い質問である。

加えて、デュラント先輩が微笑みを浮かべて聞く。

「今、何をしていらっしゃったんですか？」

相手を刺激しない、柔らかな笑顔だ。

二人に聞かれ、ゲッテンバー先生は自分の格好に視線を落とす。

そうして、自分が全身灰色コーデであることを思い出したようだ。

「え？　あ、この灰色？　ふふふ、ごめんなさい。驚くわよねぇ。これはね、あの木の樹液を採取するのに必要なことなの」

そう言って、先ほどまで彼が近くで佇《たたず》んでいた木を指さす。

樹液の……採取？

先ほどまでは、木の葉や石像化していたゲッテンバー先生の陰になって見えなかったが、木の幹《みき》の高い位置に小さな木桶《きおけ》が結びつけられているのが見えた。

メープルシロップを採取する方法と似ている。

デュラント先輩はそれを聞いて、すぐにそれがなんの木なのか思い至ったようだ。

「あぁ、ルポロンの木の樹液ですか」

その名前は、俺も聞き覚えがあった。

「ルポロンって、ルポロン糖のルポロンですか？」

俺が確認すると、ゲッテンバー先生とデュラント先輩は頷いた。

ルポロン糖は、この世界にあるお砂糖の一種だ。

色と味は、サトウキビから作る黒糖に似ている。

コクがあって甘くて、ちょっと植物の青っぽい香りがするんだよね。

白砂糖よりクセがあるが、ルポロン糖でないと出せない味がある。

「ルポロンの樹液を煮詰めると、ルポロン糖ができるのよ」

へぇ、樹液からルポロン糖を作っていたんだぁ。

ルポロン糖やそれを使ったお菓子は口にしたことがあったけど、原材料までは知らなかった。

しかも、寮のこんな近くに植えられていたなんて。

「学校から許可をもらって、採取しているのよ。授業で使うのはだいぶ先なんだけどね。この時期じゃないと、ルポロンの樹液が取れないのよ。しかも、日中に太陽の光をたっぷり浴びて甘さを内部にため込むから、この時間帯が最適な採取時間なの」

ゲッテンバー先生はそう言って、にっこりと笑う。

時期や時間帯が限定されていることを考えるに、かなり希少なんだな。

「ここにいた理由はわかりましたが、ルポロンの樹液を取るのにそんな格好である必要がありましたっけ？　髪の毛や肌には、何を塗っているんですか？」

デュラント先輩は興味深そうにゲッテンバー先生を見て、そう尋ねる。

ゲッテンバー先生は口元に手を当てて笑う。

「ふふふ、これは蟻《あり》対策なの」

「……蟻対策？」

意外な答えに、俺たちは目を瞬かせる。

「ルポロンの樹液が好きな蟻がいるのよ。樹液を採取していると、その蟻が攻撃してくるの。その対策ね。蟻って小さいのに、噛まれると痛いじゃない？　大群で襲ってくるし、隙間から入ってくるし、本当に嫌よねぇ」

ゲッテンバー先生はそう言って、ため息を吐く。

「その蟻は、灰色が嫌いなんですか？」

キトリン先輩が聞くと、ゲッテンバー先生は低く唸る。

「ん～、灰色というより、ルポロンの葉を燃やした灰ね。髪や肌にはその灰とクリームを混ぜたものを塗っているし、服や靴《くつ》にも塗ってあるの。採取する時に使う木桶や、幹にもね。これを塗っておくと、蟻が近寄ってこないのよ。すごいでしょう！」

得意げに言われて再び木を見ると、木桶をガードするように灰が塗りたくられているのがわかる。

ああすることで、木桶に蟻が侵入しないようにしているようだ。

「全身を灰で塗った布で覆うのはダメなんですか？」

「髪や肌に塗るの、大変じゃありません？」

ウィリアムとアルベールが聞くと、ゲッテンバー先生は頬に手を当てて息を吐く。

「いろいろ試してみたけど、灰を塗った服は暑いのよ。それに、これが一番動きやすいのよねぇ」

確かに、服に灰を塗ったら通気性が悪くて、夏の今時分《いまじぶん》は暑そうだ。

汗をかいて、塗った灰が落ちるのも困るだろうし。

そうやって、この石像スタイルを確立したわけか。

「じゃあ、私はそろそろ、別のルポロンの木に採取に行ってくるわね」

ゲッテンバー先生はそう言って、植え込み横にあった木箱を抱える。どうやらその中に、採取道具が入っているようだ。

か見えなかった。


「皆、またねぇ！」

軽やかな挨拶を残し、木箱を持って歩いていくゲッテンバー先生の姿は、台座を抱えた石像にしか見えなかった。


ゲッテンバー先生と別れ、俺たちは再び寮へと歩き出す。

いろいろあったせいか、皆はどこか疲れているように見える。

特に、怪奇クラブの四人はテンションが低い。

「さっき言わなかったけどさぁ、灰色のゲッテンバー先生が、絶対に怪奇話にある動く石像の元になってるよな？」

ビルの言葉に、俺たちは全員コクリと頷いた。

灰色のゲッテンバー先生を見た時、多分皆そうじゃないかって気がついていたと思う。

どう見たって、石像だったもんな。あれは間違えて噂されてもしょうがない。

「僕たちの調べていた怪奇話が、ことごとく勘違いだとは……」

ヨハンがガックリと首を垂れ、ウィリアムはため息を吐く。

「怪奇話っていうのは、それ自体が幻想なのかもしれないなぁ」

それを聞いて、アルベールは寂しそうに頷く。

「うん。本物の話なんてないのかもしれない」

四人はすっかり意気消沈《いきしょうちん》してしまっている。

そんな四人に、デュラント先輩は微笑む。

「そうガッカリしないで。ステアに百以上ある怪奇話の、たった数個が解明されたばかりだろう？　伝えられている怪奇話の中には、きっと本物も紛れているよ」

優しく慰められた四人は、感動した様子で「デュラント先輩ぃ」と名前を呼ぶ。

「そうですね！　諦めたらダメですよね！」

ウィリアムが気を取り直したようにそう口にし、ビルとアルベールとヨハンもそれに頷く。

「謎はまだまだたくさんあるんだもんな！」

「そして、それを見つけるのは僕たちだ！」

「うん、力を合わせて頑張ろう！」

気合いを入れ直すかのように拳を掲げる四人の姿に、俺はホッとする。

気持ちを立て直してくれたようで良かった。

せっかく怪奇クラブを立ち上げたのに、直後になくなってしまうのは残念だもんな。

すると、デュラント先輩はふと思いついた様子で、四人に向かって言う。

「そうだ。中等部校内新聞クラブと一緒にコーナーを作るのはどうかな？」

「中等部校内新聞クラブと？」

ウィリアムたちは目をパチクリとさせる。

中等部校内新聞クラブはその名前の通り、中等部内で起こった出来事を記事にし、それを新聞にして公開しているクラブである。ステア王立学校の中では最も歴史ある、正統派クラブだ。

それ故、自分たちの書く記事に誇りを持ち、取材対象にも敬意を表した記事を書く。

「新聞クラブとしての歴史を重んじつつ、最近話題になっていることを期間限定コーナーとして取り扱いたいって言っていたんだよ。その時、怪奇話のことや、怪奇クラブの名前が出ていたから、ちょうどいいんじゃないかな」

デュラント先輩の提案に、四人は歓声を上げる。

「「「「やってみたいです！」」」」

盛り上がる四人に、俺はニコッと笑う。

「面白そう。ビルたちは昔からある古い怪奇話も調べているって言っていたから、それを載せてもらってもいいよね。年代別に考察して、新しい怪奇話と比べてもいいし」

それを聞いて、レイはさらに話を広げる。

「怪奇話の歴史を紐解くのも、もちろん面白いんだけどさ。今回みたいに偽物だって解明していくのも楽しいいんじゃないか？　怪奇巡りをして、真実を追い求めるんだよ」

次々出てくるアイデアに、四人は「おぉぉ」と感嘆の声を漏らした。

「調べたことを載せてもらう案はいいな」

ビルはわくわくした顔で言い、ヨハンとアルベールはレイに向かって笑う。

「解明するのもいいよね！」

「レイにしては、いい案出すじゃん！」

肘《ひじ》でつつかれて、レイは眉を寄せる。

「俺にしてはってなんだよ」

表面上はムッとしつつも、褒められて気恥ずかしそうなのがわかる。

ウィリアムは、そんなレイの顔を窺いながら尋ねる。

「ただ、解明話となると、レイの土人形の件も載ることになるが大丈夫なのか？」

レイは渋い顔で肩をすくめて言う。

「どうせ皆にばらすことになるだろうしな。仕方ないさ」

それを聞いた四人はニヤッと笑った。そうして、ヨハンは強引にレイと肩を組む。

「驚かした件はこれで許してやるよ」

「俺を盾にした件もな！」

ビルはそう言って、レイの背中をバンバンと叩く。

「さっき謝ったのに、今許したのかよ。それに、盾にしたのは俺だけじゃないだろ」

レイは頬を膨らませて、四人を睨む。

憎まれ口をたたいてはいるが、なんだか楽しそうだった。

「新聞部とのコーナーのため、次の怪奇巡りの予定も立てないとな」

うきうきしながら言うビルに、ウィリアムは頷く。

「そうだね。なら、最新の怪奇話の場所はどう？」

その提案に、アルベールとヨハンは賛成とばかりに手を叩く。

「お〜！　あの場所か！　いいね！」

「行こう行こう！」

さっきはあんなに落ち込んでいたのに。随分と元気になったものだ。

カイルも俺と同じ気持ちだったのか、苦笑しつつ聞く。

「最新？　次はどこに行く気だ？」

「寮の裏の森の怪奇話だよ」

そう教えるウィリアムに、俺は首を傾げる。

「寮の裏の森？」

そこには、俺が利用している小屋がある。

「えぇ、あの場所にも怪奇話なんてあるのかよ。トーマが嫌がるぞぉ」

顔を顰めるレイに、俺は頷く。

どんな内容かわからないけど、トーマは怖がりだから、森に入りたくないって言い出すかも。

「裏の森？　何か不思議なことがあるなんて聞いたことないけど、どんな怪奇話なんだい？」

小屋の鍵をくれたデュラント先輩も、その話は知らないらしい。

アルベールは少し声のトーンを落として話を始める。

「誰もいないのに、ズル……ズル……と、布を引きずりながら歩く音がするんです」

森で、布を引きずって……歩く？

そ、そそそ、それって……もしかして……。

動揺のあまり声を上げてしまいそうになった俺は、口を手で押さえた。

レイは疑わしげに、アルベールに聞く。

「風とか動物の足音とかじゃないのか？」

アルベールはムッとして言い返す。

「違うよ。植物調査をしに行った高等部の先輩数人が、音を聞いたって言うんだから。倒れる音までしたって言うよ」

「倒れたの？」

キトリン先輩は目を瞬かせ、レイは小さく噴き出す。

「姿が見えないやつは、ずいぶんどんくさいんだなぁ」

他の皆も「それは確かに」と笑っている。

俺も一緒に笑いながら、そうっと話の輪から外れ、そのまま気配を消す。

ワルズ先生直伝《じきでん》の気配消しである。

しかし、気配を消す技術は、カイルのほうが上だった。

「……フィル様」

真後ろから声をかけられて、ギクリとする。

後ろを振り返ると、カイルがうつろな目で俺を見つめていた。

そして、俺だけにしか聞こえないくらい小さな声で尋ねる。

「もしかして、一人で練習していました？」

真顔でじーーーーっと見つめられて、俺はついに観念する。

「ちょ……ちょっとだけ。……二、三回」

カイルの言う練習とは、透明マントの実験である。

全身を布で覆い、光の鉱石で姿を消して、森を歩いてみたんだよね。

体を縮こまらせる俺の上に、深くて長いため息が落ちてきた。

「試作の瓶を手に入れて浮かれていたので、心配していたんですよ。光のエナを付与して、姿を消せるか試したくなったんでしょう？」

図星を指されて、俺はヘラっと笑う。

「う、うん。実際に出来るかなぁって思って。でも、それだけじゃないよ。カイルが前に言ったみたいに、本当に布かぶったら動けないのかなぁって思ってさ。それで、何回か実験してみたんだ。だけど、全然ダメだった。視界も狭いし、かぶった布が重くて重くて……」

俺はその時のことを思い出して、しょんぼりする。

初めは小屋の敷地内で練習していたのだ。

かぶった布は重かったけど少し歩けるようになったので、試しに敷地外に出てみた。

でも、道は凸凹《でこぼこ》しているし、木の根っこが出ているわ石が転がっているわで、誰もいないのに転びまくってしまった。

「もう少し運動神経がいいと思っていたんだけどな」

「運動神経がいいのと、布さばきはまた別でしょう」

呆れ口調でカイルに言われ、俺は頭を掻く。

「もう諦めたよ。姿が見えないっていうのも、ちょっと微妙だったし」

透明に近い状態にはなれたけど、動くと布に映る景色もよれて、違和感があったのだ。

体が隠れるほどの大きい布を持ち歩くのも、現実的じゃないしなぁ。板とか箱とかに隠れて、動かない状態で使うならバレないかもしれないけど、やっぱりそれは当初の目的から離れてしまう。

そんなわけで、俺の透明マント実験は、失敗に終わったのだった。

「それにしても、まさか実験を見られているとは思わなかったなぁ」

怪奇話について楽しそうに話しているビルたちを見て、俺は小さく唸る。

誰もいない時を狙ったのに。転ばないよう気をつけすぎて、注意が散漫になっていたのだろうか。

「どうしよう。もう実験する予定はないんだけどなぁ」

開発中のエナの液体は、一回発動させると瓶が割れてしまうため、もう残っていないしね。

俺は困り顔で、カイルを見上げる。

「本当のことは言えないよね？」

カイルはとんでもないと、首を横に振る。

「言えるわけがないですよ。あんなに盛り上がっているのに」

だよね。とても事実を告げられる状況ではない。

何より透明になれること自体、普通に考えたらとんでもないことだ。言えるはずもない。

謎は謎のままにするしかないか……。

「姿なき森の足音の謎は、俺たち怪奇クラブが解明するぞ！」

そう声をあげているビルたちに向かって、俺は心の中で謝ったのだった。

8

怪奇巡りから一週間ほど経った日の放課後。

俺とカイルとレイは、ある人物に呼び出され、カフェ・森の花園を訪れていた。

カフェに到着すると、店員が奥の個室へと案内してくれる。

ドアをノックすると、中から「どうぞ」と可愛らしい声が聞こえてきた。

俺たちを呼び出した人物、一年生のキャルロット・スペンサーの声である。

ドアを開けるとキャルロットは、立って俺たちを出迎えてくれた。

リスの尻尾のようにふんわりとボリュームのある赤い髪の毛は、彼女のチャームポイントだ。

こうして対面するのは、何か月ぶりだろう。

キャルロットは一時期、カイルを運命の恋の相手と思い込み、木に登って望遠レンズでカイルを観察していたことがあるんだよね。

貴族のお嬢様《じょうさま》だけど身体能力が高く、木登りがとても得意なんだ。

カイルに告白したがキッパリと振られ、その後は木登りと観察スキルを活かして、中等部校内新聞クラブに所属している。

今日、俺たちが彼女に呼び出されたのも、そのクラブに関係している。

先日帰り道で話に出ていた、『中等部校内新聞クラブと怪奇クラブのコラボコーナー』が正式に決まり、この前起きた怪奇話解明事件についての取材を受けることになったのだ。

普段、俺とカイルは目立ちたくないので取材はお断りしているんだけど、今回は特別。

姿なき森の足音の謎の件があるからな。怪奇クラブのため、できるだけ協力しなくちゃ。

でも、記事のメインはあくまでも怪奇クラブの四人と土人形の製作者であるレイで、俺たちじゃない。

俺とカイルは、あくまで怪奇事件の話を補足する要員だ。

「カイル様、フィル様、レイ様。本日はご足労いただき感謝いたしますわ」

キャルロットは俺たちに向かって、美しいカーテシーを披露《ひろう》する。

俺たちは部屋の中に入って扉を閉じ、彼女に挨拶を返す。

「こちらこそよろしくお願いします」

俺はそう口にして微笑み、レイはキャルロットと握手する。

「キャルロットちゃんが取材担当者なんて、嬉しいなぁ」

「今日はよろしく」

カイルが挨拶を終えたのを確認し、俺たちは席に座る。

すると、同じく席に座ったキャルロットが、突然「失礼します」と俺たちに断りを入れて、スチャッとサングラスをかけた。

……なんでサングラス？

謎の行動に、俺たちは目をパチクリとさせる。

夏に入って日差しが強くなってはきたけれど、ここはカフェの個室である。

窓から日は入ってくるが、カフェの利用客が眩しくならないよう、レースのカーテンが取り付けられていた。

「えっと……眩しい？」

もしそう感じるのであれば、お店の人に言って部屋を変えてもらったほうがいいだろう。

しかし、キャルロットは首を大きく横に振った。

「いいえ、これは太陽の眩しさのせいではありません」

だとするなら、何故だろうか。

俺たちが不思議に思っていると、キャルロットはサングラスをクイッと上げて言う。

「輝かんばかりに眩しい、カイル様対策なのですわ！　普段、遠くからお姿を見守らせていただいているせいか、近くで直視できなくなってしまいましたの」

そう言って、キャルロットは恥ずかしそうにカイルから視線を逸らす。

顔が眩しいと言われたカイルは、頬を触りながら首を傾げている。

「キャルロットちゃんはカイルに振られて……その、諦めたんだよね？」

レイがキャルロットの顔を窺いながら尋ねると、キャルロットはコクリと頷いた。

「はい。私の運命の恋は終わりました。今思えば、私がカイル様の隣に立とうなどとおこがましかったですわ。カイル様はフィル様をお支えするという崇高《すうこう》な使命を持っていらっしゃるお方！

私はそんなカイル様を、心より応援しているのです！」

キャルロットは俺とカイルを手のひらで示し、謳《うた》いあげるように言う。

えーと……つまり、恋をするのでなく、憧れの人として応援する方向にチェンジしたってことかな？

自分なりにそう推測を立てる。

キャルロットの言葉を聞いて、カイルはいたく感動したらしい。

「俺の崇高な使命を理解してくれたのか！　ありがとう！」

そう言って、キャルロットの手を両手で握る。

「ふぁぁぁぁぁっ!!」

キャルロットの口から、高音の悲鳴が飛び出した。

「こら、カイル！　キャルロットちゃんの息の根を止めんな！　これ以上はファンにとっちゃ供給過多だ！」

レイがそう喚《わめ》きつつ引きはがすと、カイルは不思議そうな顔をする。

「感謝の気持ちを示す握手だぞ？　レイだってさっき手を握っていただろう」

「悲しいことに、俺とカイルじゃ違うんだよ。見てみろ、キャルロットちゃんが天に召されそうになってるじゃないか」

レイに言われて見れば、キャルロットは祈りのポーズを取ったまま、満足そうな顔でソファに横たわっていた。

幸せそうだ。確かに、天に召されそう。

そんなことを思っていると、キャルロットは心臓を押さえながら、息も絶え絶えに起き上がる。

「はぁはぁ……申し訳ありません。修行が足りませんでしたわ。カイル様のあまりの格好良さに、意識が飛んでしまいました」

握手で意識が飛ぶなんて……。

キャルロットは恋を諦めたのかもしれないが、むしろいろいろと悪化している気がする。

こんな状態で取材なんてできるんだろうか。ちょっと心配だ。

だが、キャルロットは頬を叩いて、自分に気合いを入れる。

それから、居住まいを正して俺たちに向き直った。

「改めまして、怪奇事件のことについてお話を聞かせていただけますか？」

彼女は微笑んでそう口にして、俺たちへの取材を始めた。

ちゃんと公私を分けるタイプなのか、取材中は人が変わったように落ち着いていた。

土人形のことやミュズリやシエナ先生のことなど……時系列に沿って上手く聞き出してくれる。

怪奇クラブの四人や、デュラント先輩や、キトリン先輩にはすでに取材を終えていたらしく、彼らの発言に関してどう思うかなんていう質問もあった。

木登りなどのスキルが買われてスカウトされたと聞いたが、記者としても優秀なんだな。

そうやって一通り取材を終え、キャルロットはペンを置き、メモ帳を閉じる。

「これで聞きたいことは全て聞けましたわ。ご協力に、心より感謝いたします」

「こちらこそ。質問の要点がうまくまとまっていたから、答えやすかったよ」

俺が褒めると、キャルロットは「ありがとうございます」とはにかむ。

そんな彼女に、カイルは真面目な顔で言う。

「念のためなんだが、俺とフィル様のことは……」

キャルロットは真摯《しんし》に、コクリと頷く。

「お約束は守りますわ。お名前は出させていただきますが、ご活躍については控えめに書かせていただきます。我が中等部校内新聞クラブは、取材対象に敬意を表するクラブですもの」

「助かるよ。ありがとう」

俺がお礼を言い、カイルはほんの少しだけ口角をあげる。

「よろしく頼む」

すると、キャルロットは両手で勢いよく口を押さえた。

その隙間から、「んぐふっ」と何かを耐える声が漏れる。

「カイル様からのお願いぃ……」

感無量といった様子で、足を微かにジタバタさせている。

取材が終わって公から私に戻ってきたところを、カイルに射貫《いぬ》かれてしまったようだ。

カイルも罪な男である。

「取り乱してしまって、申し訳ありませんわ」

どうにか持ち直したキャルロットは、メモ帳と携帯用の羽根ペンをしまったあと、ふと顔を上げる。

「あの……これは、怪奇話の取材とは関係ないのですが、フィル様とカイル様とレイ様に質問してもよろしいですか？」

俺は首を傾げ、コクリと頷く。

「いいよ。何に関しての質問？」

快諾《かいだく》すると、キャルロットはにっこりと笑う。

「ありがとうございます。あの……最近、ステア王国の近隣の国々に行かれたことはございますか？」

学校に関する質問だと思っていたので、俺は目を瞬かせる。

「新学期が始まってからってことだよね？　僕もカイルもレイも、ドルガドにしか行ってないよ」

近隣の国々と聞くからには、いくつかの国にまたがった問題なのだろうか。

しかし、コルトフィア王国にも、ステラ姉さんのいるティリア王国にも行っていない。

「それでは、ドルガドの街や村には寄りましたか？　泊まったとか」

さらに尋ねられ、俺たちは揃って首を横に振る。

カイルと二人でタイロン事件を解決した時は街道や泥田にしか行っていないし、その後レイたちとディーンさんたちに会いに行った時も行ったのは泥田だけだった。どちらも日帰りである。

皆で行った時は時間があったから街に寄っても良かったのだが、泥田でお菓子を食べすぎたレイが、ルリの上で酔うって言ってそれどころではなかったんだよね。

「どうしてそんなことを聞くんだ？」

カイルに見つめられ、キャルロットは少しもじもじしながら答える。

「近隣諸国で、青みがかった銀髪《ぎんぱつ》の背の小さい少年と、黒髪の背の高い少年の目撃情報がありましたの。それで、フィル様たちのことかと思ったのですわ。でも、いろんな国で目撃情報が上がっておりましたので、学校に通いながら各所を訪れるのは難しいかと思ったのですが……」

レイはキャルロットの話に、相槌を打つ。

「あぁ、黒髪の少年はともかく、青みがかった銀髪っていうのは珍しいもんね。しかも背の小さい少年ってなったら、俺でもフィルだって思うよ」

青みがかった銀髪の少年かぁ。

近隣諸国で目撃されているところを見るに、俺やカイルではない。

この世界において、青みがかった銀髪はとても珍しい髪色だ。

クリティア聖教会の神子《みこ》かな？

クリティア聖教会では、この髪色を神聖な者の証《あかし》として、珍重《ちんちょう》している。

青みがかった銀髪の子が生まれた時、家族の承諾があれば聖教会本部で引き取り、神子《みこ》として育てるのだ。そして、その子たちを司教や大司教にすべく教育する。

名誉あることだから、子供の幸せを願って承諾する親がほとんどなんだよね。

でも、目撃された子が幼いなら、神子ってことはないのか。

教育中の神子は本部から出られないらしいし、教育が終わればクリティア聖教会の制服で過ごすみたいだから。もしその少年が制服を着ていたら、クリティア聖教の者だとすぐわかり、そう語られることだろう。

ということは、俺のように聖教会本部が引き取ることを家族が承諾せずに、親元で過ごしている子なのかな。

「目撃情報があるってことは、その子たちは何かしたの？」

珍しい髪色の子がいたからといっても、それだけで噂になることはない。

俺が聞くと、キャルロットはニコッと笑って言う。

「悪いことではありません。街や村で人助けをしたのですわ。だから、ますますフィル様やカイル様たちみたいだなと思いましたの。困っていらっしゃる方がいたら、今回の怪奇話のようにほうっておけませんでしょう？」

「人助け、か」

同じ特徴を持つ子がいいことをしていると聞いて、少しホッとする。

「でも、残念ながら、僕たちじゃないよ」

俺が否定すると、キャルロットは残念そうに息を吐いた。

「そうですか。もしそうでしたら、お二人のご活躍についてお話を伺ってみたかったのですが、残念ですわ」

そう言って、恥ずかしそうにチラッとカイルを見る。

俺のではなく、カイルの活躍話が聞きたかったんだろうな。

レイは頬杖をついて、面白くなさそうに言う。

「お二人かぁ。それに、俺は含まれてなさそうだなぁ」

「逃げ足についての話題だったら、含まれていただろうな」

カイルはそう口にして、フッと笑う。

それを見て、キャルロットは胸と口元を押さえた。

「ぐふぅっ！」

またもや射貫かれてしまったようだ。

「し、心臓大丈夫？」

心配になって、屈み込むキャルロットの顔を覗き込む。

「か、かろうじて。しかし、これ以上は持ちそうにないので、今日はこれでお暇《いとま》させていただきますわ」

そう言って席を立つと、スカートの裾を摘《つ》まんでカーテシーをする。

「フィル様、カイル様、レイ様、本日はありがとうございました。今日の取材の記事が載った新聞ができましたら、お届けにあがりますわ。その頃までに、私、鍛え直してまいります！」

そう宣言して、キャルロットは部屋を出て行った。

可憐《かれん》な少女に似つかわしくない「鍛え直す」という単語に、俺は首を傾げる。

「心臓を鍛え直してくるのかな？」

その呟きに、レイは呆れた顔で言う。

「なんでだよ。精神だろ」

あ、そうか。カイルに射貫かれないための精神を鍛えるのか。


取材から数日経ったある日、俺はカイルと一緒に、寮の裏の森の中にある小屋を訪れていた。

ステア王国に帰国したセオドア殿下から手紙をもらい、ここで会うことになったのである。

セオドア殿下はステア王国の王子様。ライオネル・デュラント先輩の一番上のお兄さんだ。

「嬉しいなぁ。フィル君が改装した小屋に来てみたかったんだよ」

和室の席に着いたセオドア殿下は、人懐《ひとなつ》っこい笑顔で言う。

デュラント先輩より何歳も年上なのに、セオドア殿下のほうが弟みたいに見えるのは、こういった振る舞いが故だ。

「ここに来たことを手紙に書いたら、アルフォンス先輩とルーゼリアは悔しがるだろうな」

そう言って、セオドア殿下はニヤリと笑う。

セオドア殿下はアルフォンス兄さんの高等部時代の後輩で、ルーゼリア義姉さんの同級生。アルフォンス兄さんたちの学生時代をよく知る人物なのだ。

しかし、いたずらっぽい笑みを浮かべていたセオドア殿下は、はたと我に返って言う。

「いや、自慢はやめよう。フィル君を大好きなあの二人に言ったら、こっちに来るって言いそうだ」

「さすがセオドア殿下、アルフォンス兄さまとルーゼリア義姉さまをわかってますね」

俺がそう言い、カイルもそれに同意する。

去年、俺が対抗戦に出場すると聞いて、ドルガドまで応援に来た兄である。

セオドア殿下が自慢でもしようものなら、新婚旅行だとか理由をつけて二人で来ちゃいそう。

「ステアに帰る時も、あの二人『一緒について行こうかな』なんて言うんだよ。冗談だって言っていたけど、あれは絶対に本気だった」

セオドア殿下のぐったりした表情から、出発時に苦労したことが窺える。

「兄と義姉がご迷惑をおかけいたしました」

俺が深々と頭を下げると、セオドア殿下はくすっと笑った。

「まぁ、あの二人に振り回されるのは、学生の頃から慣れているから。グレスハート滞在も、学生時代に戻ったみたいで楽しかったよ。ホテルも最高だったなぁ。他国に滞在する時は気が休まらず、疲れが取れないことも多いんだけど、我が家みたいに癒されたからね」

ホテルは特に力を入れたからなぁ。これだけ喜んでくれたなら、いろいろ頑張って準備をした甲斐《かい》がある。

「ゆっくりできたなら何よりです」

「フィル君は癒しの空間作りが上手なのかな。この部屋も落ち着くもんね」

セオドア殿下は和室を見回し、それから俺に尋ねる。

「そういえば、コタツは？　コタツはどこにあるのかな？　最新の鉱石技術を使った、珍しい仕掛けなんだよね？」

わくわくした顔で聞かれ、俺は彼の目の前にあるテーブルを指す。

「コタツは冬に使うものなので、夏の時期はテーブルにしているんです」

そう伝えると、セオドア殿下は途端にガッカリする。

「あたたかい時期は使えないのかぁ」

テーブルの天板を撫で、それから何か思いついたのか「あ……」と声を漏らす。

「ねぇ、うちの王城にもコタツを作ってもらえないかな。ライオネルに話を聞いてから、テレーズおばあ様がコタツを使ってみたいって言っているんだよね」

テレーズおばあ様って、ステア王国現女王テレーズ陛下のことだよね。

一度、対抗戦の時に直接挨拶をさせてもらったことがある。とても優しそうな方だ。

俺がグレスハート王国の第三王子だと知っている数少ない人物でもある。

シエナ先生からエナの液体を幾つかもらっているので、コタツの材料はある。

作るのは可能なんだけど……。

「セオドア殿下の依頼で僕が作るとなったら、デュラント先輩に変に思われませんかね？」

城にコタツがあったら、絶対にデュラント先輩が気づく。

俺とセオドア殿下は公式に面識がないことになっているのに、怪しまれないだろうか。

そんな意図から出た俺の質問に、セオドア殿下はニコッと笑って答える。

「それなら大丈夫。おばあ様から学校長に頼んで、フィル君に依頼してもらうことにするから。あの二人、ステア王立学校時代の同級生で、お茶飲み友達なんだ」

「同級生でお茶飲み友達……そんなつながりがあるんですか」

俺が驚いていると、セオドア殿下は声を潜めて言う。

「ここだけの話、学校長はおばあ様には弱いみたいなんだよね。おばあ様がお願いしたら、絶対断れないと思うんだ」

テレーズ女王は学校長より身分が上である。普通に考えれば、お願いされて断れないのは当然だ。

しかし、セオドア殿下があえてこう言うっていうことは、立場が同じであっても断れない相手ってことなんだろう。

聡明で品があるテレーズ女王は、七十歳を過ぎても美しく、可愛らしい方だもんなぁ。

学校長だって、お願いされたら聞いてしまうかぁ。

それに、コタツに関しては、学校長室にも置いてあるから、強く言えないだろうしね。

「どうかな？　もし正式に依頼がきたら、受けてくれる？」

顔を覗き込まれ、俺はにこりと笑う。

「いいですよ。冬までに時間もありますし、大丈夫だと思います」

セオドア殿下は俺の手を取り、ぎゅっと握る。

「ありがとう！　楽しみだよ」

一安心したとばかりに先ほど俺が出したお茶を飲んで、セオドア殿下は息を吐く。

それから、ふと思い出した顔で言う。

「そうだ。今日はフィル君の顔を見に来たのと、小屋を見せてもらいに来たのもあるんだけど、実はもう一つ用件があってね」

「用件？　なんですか？」

俺が聞き返すと、セオドア殿下は少し声を落として言う。

「最近、この近隣諸国で人助けをしている青みがかった銀髪の少年っていうのは、フィル君たち？」

それって、この前キャルロットが言っていた目撃情報のことかな。

帰国したばかりのセオドア殿下の耳にも、もうすでに入っているのか。

「そういう目撃情報があるらしいですね。僕らではありませんよ。僕らは新学期が始まってから、日帰りで二回ドルガドに行っただけですから」

俺が否定すると、セオドア殿下は息を吐く。

「やっぱり、違うのか。従者を連れているようだって聞いたから、もしかしてって思ったんだけど……」

従者と聞いて、カイルの眉がピクリと動く。

「従者を連れているんですか？　となると、貴族か王族の子息でしょうか」

「助けてもらったっていう宿屋の主人に話を聞いたんだけど、上流階級の子息のようだったって言っていたよ」

セオドア殿下の話に、俺は低く唸る。

う〜ん、髪色や年が近いっていうのだけでなく、もしかして身分も近いのかな。

「宿屋の主人は、何を助けてもらったんですか？」

「宿で暴れている酔っ払いを、取り押さえてくれたんだそうだ。他にも、困っているって人がいるところに駆けつけるらしくてね」

セオドア殿下の話に、俺は感心する。

「わぁ、いい子なんですね」

それに、取り押さえるってくらいだから、強いのかな。

「セオドア殿下がフィル様にお尋ねになるってことは、名前はわかっていないんですか？」

カイルが聞くと、セオドア殿下はコクリと頷いた。

「名乗らずに去っていくらしいよ。でも、見た目も目立つし、言動も派手だそうでね。それで、話題になっているみたいなんだ」

そういうこともあって、目撃情報が多いのかな。

「フィル様はどうやって姿を消そうか一生懸命《いっしょうけんめい》なのに……」

カイルはそう呟いて、チラッと俺を見る。

姿を消そうと思って、失敗したんだよ。

わかっているから、そんな目で見ないでくれる？

セオドア殿下は俺を見てくすっと笑う。

「フィル君は人目を引くタイプだけど、フィル君自身は目立つのが苦手なんだってね。アルフォンス先輩が言っていたよ。だから、噂の少年が派手に立ちまわっていると聞いて、多分違うのかなとは思ったんだ。違うなら良かったよ」

安堵するセオドア殿下に、俺は首を傾げる。

「良かった……とは？」

「目立ちたくないのに目立ってしまうのと、自ら目立ちに行って目立つのは、似ているようで違う。後者は周りも騒いでいいんだって勘違いして、歯止めが利かない状態になるからね。そうなると、収拾がつかなくなって、いろいろと面倒ごとが多くなる」

あぁ、なるほど。それはあるかもしれない。

「もしそれをしているのがフィル君なら、アルフォンス先輩からよろしく頼まれている身としては、気を配らないといけないなって思ってね」

セオドア殿下は苦笑する。

そうだった。セオドア殿下はアルフォンス兄さんから『フィルが困っていたら、セオドアが手助けしてあげてくれ』って頼まれているんだった。

そんな噂を聞いたら状況を把握しとかないとまずいもんね。

「あの……少年の周りはすでに騒ぎ始めているんですか？」

カイルが真面目な顔で尋ねる。

「小さな事件ばかりだけど、困っていたら神聖な髪色の少年が助けに来てくれるわけだからね。そりゃあ、皆騒いじゃうよ」

人助けする少年に、神聖な髪色という要素がプラスされると、何倍にも騒がれるってことか。

短い期間に頻繁《ひんぱん》に人助けしていることも、騒ぎになる理由だろう。

「ちょうど青みがかった銀髪をした神の御使いが、タイロンの群れから商人たちを助けたっていう奇跡についても広まっているらしいからね。それも、その少年なんじゃないかって言われているんだよ」

セオドア殿下の話に、俺とカイルはぎょっとする。

「えぇっ！」

「タイロンの事件が!?」

驚愕する俺たちの反応に、セオドア殿下は困惑する。

「え、うん。そう噂されているみたいだけど……。なんで驚いているの？」

「あ、いや、気絶した商人たちが御使い様の夢でも見たんじゃないかって思っていたので、まさか真実だと思わなくて……。あははは」

俺はそう言って、明るく笑う。

危ない危ない、あの事件に関与していると勘づかれたくないもんね。

幸いセオドア殿下は追及してくることなく、言う。

「僕もそうじゃないかとは思っているけどね。奇跡を信じる人はいるから」

「そう……ですよね」

どうしよう。人助け少年の話に、タイロン事件が混ざっちゃったぞ。

放っておいて大丈夫なのか？

俺とカイルはそっと目を合わせる。

だが、お互い何の解決策も見つけられていない。

「ともかく、フィル君は出歩く際、今以上に気をつけたほうがいい」

セオドア殿下に言われて、俺は目をパチクリとさせる。

「え……？　それは……」

『どういうことですか』と続ける前に、セオドア殿下が説明してくれる。

「その少年が目立って噂が広まるほど、特徴の近いフィル君をその少年だと勘違いする人間が増える。注目を浴びたり、面倒ごとに巻き込まれたりしたくはないだろう？　しばらくは学校の外に出ないようにしたほうがいいかもしれない」

俺は思わずヨロリとしてテーブルに手をつく。

確かにそうだ。タイロンの件が少年がやったことだと思われたように、似ていれば勘違いされるのは当然。当然だけど、お出かけできないなんてぇぇ。

「そういうのが嫌で、目立たないようにひっそり過ごしてきたのに……」

俺はしょんぼりと肩を落とす。

「ひっそりはできていませんでしたけど、その少年のせいでさらに注目を浴びる可能性があるってことですよね？」

そう言って、カイルはため息とともに頭を抱える。

「面倒ごとを呼び込みやすいフィル様だ。学校の外に出たら、絶対に事件に巻き込まれる」

「そんなこと言わないでよぉ」

言葉には言霊《ことだま》っていうのがあるんだよ。

そんなことを言うと、フラグが立っちゃうでしょうが！

あぁ、グレスハートの街中を散策するために姿を消す方法を探していたけど、こっちでも姿を消さないとならないのかな。

突然できた新たな悩みに、俺はげんなりとため息を吐いたのだった。

転生王子はダラけたい
1~3
漫画
堀代しじゃも
Horishiro Shishamo
原作
朝比奈和
Asahina Nagomu
★★★
シリーズ累計
65万部突破
（電子含む）
もふもふの召喚獣と一緒に
ぐ～たら生活！
…と思ったら？
「思いっきりダラけたい!!」ぐ～たら生活を夢見る大学生の陽翔は、ある朝目覚めると、異世界の王子フィル・グレスハート（三歳）に転生していた。新たな人生で美味しいものや、もふもふのペットに囲まれてダラダラしたいと願うものの、初めての召喚獣が超危険な猛獣で…!?ダラけ王子の異世界のほほんファンタジー、待望のコミカライズ！
転生王子はダラけたい 3
新天地へ
●B6判 ●各定価：748円(10%税込)
アルファポリス 漫画
検索
コミックス
大好評発売中!!

転生王子はダラけたい(学園でも)
1〜4
『ほっこりしててイイね』安彦良和 談
転生王子＆従者が
異世界でモフモフと
留学旅へ出発！
王家に生まれ、あふれる才能を持ちながら、もふもふ召喚獣と一緒のグータラ生活だけを夢見る第三王子フィル。地元ではどうしても目立ってしまうと気づいた彼は、誰も自分を知らない異国の名門学園へ、はるばる留学することを決意しました。フィルと従者カイル、伝説の獣コクヨウの旅が始まります！
[原作] 朝比奈 和　[漫画] 川越マチコ
B6判／各定価：748円（10%税込）
コミックス発売中
アルファポリス 漫画　検索

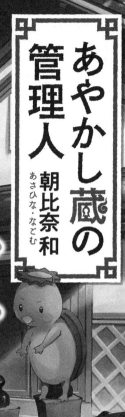

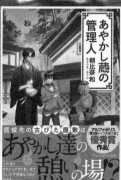

あやかし蔵の管理人
1~3
Ayakashi Gura no Kanrinin
原作 朝比奈 和
漫画 北野りりお
ほっこり優しい妖怪譚
平凡な高校生活が一転、小日向《こひなた》蒼真《そうま》は両親の海外赴任のため、亡き祖母の知り合いだという小説家の結月《ゆづき》清人《きよと》のもとで居候することに。古びているけれど温かい結月邸に迎えられ、ほっと一安心していたその夜、蒼真は可愛らしい小鬼と遭遇！なんでも結月邸の庭には、あやかしの世界に繋がる蔵があり結月はその蔵の管理人だった。その日を境に、蒼真の周りには人懐っこい妖怪達が集まりだして……!?
コミックス大好評発売中!!
あやかし蔵の管理人
3
今宵、蔵を通った先は一夜かぎりの
夜祭り!!!
アルファポリスWebサイトにて好評連載中！
B6判
各定価：748円（10%税込）
無料で読み放題
今すぐアクセス！
アルファノルンWebマンガ

Re:Monster
リ・モンスター
1～9・外伝
8.5
暗黒大陸編1～4
金斬児狐
Kanekiru Kogitsune
シリーズ累計
170万部
(電子含む)
突破!
2024年4月4日～!
TVアニメ
放送開始!!
(TOKYO MX、BS11ほか)
ネットで話題沸騰!
怪物転生ファンタジー
最弱ゴブリンの下克上物語 大好評発売中!
Re:Monster
リ・モンスター
【小説】
1～9巻/外伝/8・5巻
転生したのはまさかの最弱ゴブリン!?
ネットで超人気!
怪物転生ファンタジー
◉各定価：1320円（10%税込）
◉illustration：ヤマーダ
新章
Re:Monster
暗黒大陸編
THE DARK CONTINENT
リ・モンスター
1
【小説】
1～4巻（以下続刊）
最弱ゴブリンから最強黒鬼 そして新世界の伝説へ!
新たな旅が今始まる!
65万部!
新シリーズ!
◉各定価：1320円（10%税込）
◉illustration：NAJI柳田
コミカライズも大好評!
Re:Monster
リ・モンスター
1
【漫画】
1～11巻（以下続刊）
転生したのは…最弱ゴブリン!?
異世界下克上サバイバルファンタジー
累計23万部突破!!
待望のコミカライズ!!
◉各定価：748円（10%税込）
◉漫画：小早川ハルヨシ

この作品に対する皆様のご意見・ご感想をお待ちしております。
おハガキ・お手紙は以下の宛先にお送りください。

【宛先】
〒 150-6019 東京都渋谷区恵比寿 4-20-3 恵比寿ｶﾞｰﾃﾞﾝﾌﾟﾚｲｽﾀﾜｰ 19F
（株）アルファポリス　書籍感想係

メールフォームでのご意見・ご感想は右のＱＲコードから、
あるいは以下のワードで検索をかけてください。

アルファポリス　書籍の感想　検索

ご感想はこちらから

本書は Web サイト「アルファポリス」（https://www.alphapolis.co.jp/）に投稿されたものを、改稿、加筆のうえ、書籍化したものです。

転生《てんせい》王《おう》子《じ》はダラけたい 17

朝比奈 和（あさひな なごむ）

2024年 3月 31日初版発行

編集－若山大朗・今井太一・宮田可南子
編集長－太田鉄平
発行者－梶本雄介
発行所－株式会社アルファポリス
〒150-6019 東京都渋谷区恵比寿4-20-3 恵比寿ｶﾞｰﾃﾞﾝﾌﾟﾚｲｽﾀﾜｰ19F
TEL 03-6277-1601（営業）　03-6277-1602（編集）
URL https://www.alphapolis.co.jp/
発売元－株式会社星雲社（共同出版社・流通責任出版社）
〒112-0005 東京都文京区水道1-3-30
TEL 03-3868-3275
装丁・本文イラスト－柚希きひろ
装丁デザイン－AFTERGLOW
印刷－中央精版印刷株式会社

価格はカバーに表示されてあります。
落丁乱丁の場合はアルファポリスまでご連絡ください。
送料は小社負担でお取り替えします。

ISBN978-4-434-33610-2 C0093